不灭的灯火

廖伯逊 著

江西高校出版社
JIANGXI UNIVERSITIES AND COLLEGES PRESS

图书在版编目（CIP）数据

不灭的灯火／廖伯逊著.--南昌：江西高校出版社，2019.11（2022.3重印）
ISBN978-7-5493-9227-8

Ⅰ.①不… Ⅱ.①廖… Ⅲ.①散文集-中国-当代 Ⅳ.①I267

中国版本图书馆 CIP 数据核字（2019）第 266796 号

出版发行	江西高校出版社
社　　址	江西省南昌市洪都北大道96号
总编室电话	（0791）88504319
销售电话	（0791）88522516
网　　址	www.juacp.com
印　　刷	天津画中画印刷有限公司
销　　售	全国新华书店
开　　本	880mm×1230mm　1/32
印　　张	5
字　　数	122千字
版　　次	2019年11月第1版 2022年3月第2次印刷
书　　号	ISBN978-7-5493-9227-8
定　　价	49.00元

赣版权登字-07-2019-1031

版权所有　侵权必究

图书若有印装问题,请随时向本社印制部（0791-88513257）退换

自序

很早以前,我就想写一篇关于故乡的文章。每次提起笔来,要么刚开了个头,就不知道怎么写下去了;要么俗事缠身,一忙就忘了,等记起来的时候,又不知道如何下手了。偶尔,勉强为之,写了一些"豆腐块"之类的文字,我总觉得很不成样子。因此,为故乡写一篇像样的文字这事就一拖再拖,成为我的一块心病。

新中国成立已经七十年了!我出生在新社会,与共和国一同成长,见证了国家从弱到强的每一步。从出生到现在,我已过了知天命之年。几十年来,祖国的变化是非常巨大的,我与我所在的城市的变化是巨大的,故乡的变化当然也是巨大的,可以描绘的人和事特别多。我想,我只能从繁复的人和事中采撷一朵浪花,或一颗露水,映射出太阳的光辉。这样,就可以了却我长久以来为故乡写一篇像样的文字的宏愿。

我的目光落在了平常得不能再平常的灯火上。五十多年来,农村人的照明方式发生了巨大的变化,从松明到煤油灯,再从煤油灯到电灯,可以说一步越千年。于是,我就把我与灯有关的事进行了回味和梳理,写了一篇《不灭的灯火》。文字出来后,得到了吕勇、罗润、敬秋平、伏德明等一帮友人的褒奖。这为我接下来的写作增添了无穷的动力。于是,我又抽时间写了《封沟堰》《课外书》和《我的春节》三篇文章。

封沟堰是改变故乡缺水状况的一大水利工程。对我们那个地方来说，那一堰碧水，与其说是一道风景，不如说是一潭救命的甘露。在水的滋养下，沟壑里的地块、山梁上的梯田，从春到冬，生命蓬勃，生机无限。农人因此吃得饱饭、睡得着觉了。

直到现在，几十年过去了，封沟堰还在发挥它的作用。这是人定胜天、改造自然的真实写照，也是自己动手、丰衣足食的最好诠释。尤其是现在，要实现中华民族的伟大复兴，仍然需要这种艰苦奋斗的精神。

我小时候能接触的课外书比起现在的学生少之又少。那时，能阅读到一本完整的课外书，是一件了不得的事。我读过的一本书，或者一篇文章，就是我的一扇窗。透过一扇扇窗户，我看到了一片天。就是这一本本难得的课外书，让我看到了不同的风景，看到了外面广阔的世界。

从某种意义上说，这些课外书成了我的启蒙老师，成了我人生的指导老师。

至今，儿时读的小人书、谜语书、剧本、小说……时不时就会从我的脑海中跳出来，呈现在我的眼前。书中的人物和故事，依然是那么鲜活灵动，甚至是翩翩起舞，令人欲罢不能，想入非非。

儿时的生活很艰苦，一个星期能吃一次肉，算是很幸福的了。更多的情况是一个月吃一次肉。过年，无疑是吃肉的最佳时期，也是解馋的好机会。

除了吃肉外，还有更多好吃的好玩的东西，比如烤柴疙瘩火、放鞭炮等等。

考上中专和参加工作后，每年回家过春节，交通成为最头痛的一件事。一张小小的车票，不知难倒了多少归心似箭的游子。这些，都是社会变革中实实在在存在的问题，也是社会的一个缩影。

以上都是些陈年旧事，但故乡的那山、那梁、那壑里的层林、梯田、塘堰、树木、磨盘、晒场、放牛场、火把、煤油灯、小人书、儿歌、风筝、晨露、山雾、夕阳、禾苗、乡音……其实都是我的乡愁。

我知道，从古至今，人们对故乡的书写已经很多了，多得数不清，还有湮灭在历史苍烟里的，更是数不清。我还是固执地写下了我的故乡，将寄托我乡愁的四篇文章收录成集，并把其中一篇文章的题目作为书名，展示在读者面前。

人们常说，一代人的经历，就是一个时代的历史。或许，有人会觉得这是一些不成熟的文字。我想，如果能引起一个人的共鸣，也就欣慰了。但我相信，还会有两个人、三个人，乃至更多的人出现。

我是在乡下长大的，我在城市生活的时间比在乡下多了两倍。我知道我回不去了，在城里的日子想念乡下，到了乡下又迅速回归城市。我成了一只不折不扣的迁徙鸟。我知道与我一样害"乡愁病"的人不在少数，或许，我的这些不成熟的文字，就是治疗这类病症的良药。

不得不说的是，书中的人和事大多是真实的，只是一些地方进行了技术处理。因为，我还要回到故乡去，请原谅我给自己留下了一条回乡的路。

时下正值盛夏，各种植物拼命地生长，呈现出旺盛的生命活力。我的这些文字，也在这个季节奔涌跳跃，像稠密的夏雨，不管不顾地展现在读者面前。但愿这些文字如夏季一样蓬蓬勃勃，生机盎然。

2019 年 7 月 11 日

目录
不灭的灯火
BU MIE DE DENGHUO

不灭的灯火	1
封沟堰	33
课外书	71
我的春节	105

不灭的灯火

01

小老鼠，上灯台，偷油吃，下不来，叫妈妈，妈妈不肯来，咕噜咕噜滚下来。

我是唱着这首儿歌，渐渐长大的。二十世纪七十年代，物资相当匮乏，对于生活在川北深丘的我来说，连一个像样的玩具都没见过，更不要说如今的奥特曼、变形金刚了。我与同伴们做的游戏有滚铁环、打水漂、溜梭梭板、斗鸡等。

滚铁环，就是取一根粗铁丝，做成圆环，然后再做一个带长柄的铁钩子，手捏长柄推着铁环在平坦的操场上或路面上滚着走。推得越有劲，铁环就滚得越快，人也跟着跑得快。滚一次铁环，不亚于一次长跑，往往大汗淋漓。薄衣单衫的我们尤其喜欢在冬季滚铁环，既能暖身，又可打发单调、乏味的时光。那时，我是滚铁环的高手，即使是崎岖的山路或者是凹凸不平的田间小路，也能奔跑如飞。

在滚铁环的过程中，时常会遇到一口口塘堰。这时，我们便会停下来，找几块瓦片，用力将瓦片甩出去，让瓦片在平如镜面的水上急速地漂过，溅起一团又一团的水花。水花一圈一圈的，荡开了一个又一个同心圆。手艺高超的，瓦片会从塘堰的这边漂到塘堰的那边，而瓦片却不会湿。也许是打水漂练出了过硬的本领，一次放学回家途中，我们学着电影《地雷战》里的样子，打起了仗。我个子小，自然不能当"八路"，只能演日本鬼子。虽然我个子小，但打仗还是很勇敢的，完全不像日本鬼子。当"八路"撤退时，打红了眼的我，从地上捡起一块瓦片，对着大个子"八路"抛了出去。哪承想，瓦片飞快地砸中了奔跑中的大个子的头顶。打中大个子，我心中一喜，转而又是一惊，要是打了一个大洞，那可不是闹着玩的。还好，大个子受伤并不严重。因我出色的表现，自那以后我就演上了正面人物。

我们那里的梭梭板，现在叫滑梯，完全是因陋就简，就地取材。深丘沟壑纵横，在那些沟壑里，分布着一块又一块房间那么大的石头。这些石头的斜面，就是天然的梭梭板。直接在石头上往下梭，不是不可以，就是太浪费裤子了。往往梭不了几回，崭新的裤子就会磨出两个大洞。回家后，不仅要挨打，以后也没有更多的裤子穿了。但这难不倒我们。我们找来一块表面比较平坦的石头，搬到大石头的顶端，然后就坐在这块石头上往下梭，让石头与石头摩擦，又不磨坏裤子。一次又一次，我们梭得不亦乐乎。

在乡村学校课间或放学后，我们也会玩斗鸡。这种斗鸡与北方斗鸡完全是两回事。我们玩的斗鸡，是两个小伙伴各自卷曲一只脚，双手抱住小腿，用膝盖当武器，去顶另一方，谁双脚着地谁就输了；而另一只脚支撑着全身，在地上跳来跳去，既可冲锋，又可撤退。我们越玩兴致越浓，常常忘记了吃饭、睡觉和学习。

随着年龄渐长，我才知道儿歌里的"叫妈妈，妈妈不肯来"，实际上是"叫妈妈，妈不在"。试想，自己的娃儿遇到困难，妈妈能不来吗？除非妈妈不在。母亲在教我们儿歌时，直接把"妈不在"改成了"妈妈不肯来"。之所以那样改，是因为妈妈真的很忙很累。我的父亲是一个乡村教师，在学校里是全能型人才，语文、数学、音乐、体育……啥都要教。在学校，他本来就很忙，回家后还要种自留地、挑水、煮饭……啥都要干。农忙时节，乡村学校放了农忙假，父亲在家累得腰都快直不起来了。我们家人多，只有母亲一人在生产队挣工分。母亲既要参加农业生产，又要照顾家庭，哪有时间来管娃儿？我想，母亲是通过改编童谣，教育我们遇事要靠自己去解决，从小就要锻炼独立处事的能力。

  儿歌中所说的灯台，指的是烧桐油或菜油的灯。那种灯，基座上有一个长长的手柄，顶端有一个灯台，灯台中间或边缘，有一根灯芯。灯台里装有桐油或菜油。灯的材料有石制、陶制、铁制、铜制和木制的，大户人家用的是木制或铜制的，小户人家常用的是陶制的。

  从我记事起，我们家用的是红岩牌蓝墨水瓶做的煤油灯。父亲教书，自己和学校娃儿用的墨水多，自然空墨水瓶也多。这种墨水瓶比较方正，容积不大，正适合用来装本就稀罕的煤油。那年月的煤油是凭票供应的。做煤油灯很简单，只需在瓶盖上钻一个孔，插上一根铁皮做的空管子，再将棉芯穿过空管子，留一个头，煤油灯就做成了。点煤油灯时，把煤油倒进墨水瓶，煤油会顺着棉芯自然到达灯头。一遇明火，煤油灯就亮堂起来。我们家空墨水瓶多，用不完，母亲就送给周围的乡亲。因此，我们附近的人家，家家户户几乎都用上了墨水瓶做的煤油灯。

  其实，煤油以前叫洋油。它是石油分馏或裂化而来的，按质量不同，分为动力煤油、溶剂煤油、灯用煤油和洗涤煤油。点灯的煤油，当然用的是灯用煤油了。煤油燃烧完全，亮度足，火焰稳定，不冒黑烟，不结灯花，无明显异味，对环境污染小。中国人最早使用煤油照明，应该是从光绪二十二年（1896）开始的，当年进口了5000加仑；第二年，外国煤油公司先后在杭州开设煤油公司。从此，用煤油照明在中国普及开来。

  关于煤油和煤油灯的知识，我是长大后才知道的。

02

夜幕降临，繁星闪烁。忙完了家事，一家人围坐在一张八仙桌周围，在煤油灯的映衬下，天南地北地摆龙门阵，其乐融融。幼小的我最喜欢听故事。一次，我问母亲没有煤油灯的时候，用什么点灯。母亲说，过去有钱人家点的是桐油灯或菜油灯，穷人家照的是松明。桐油，我是知道的，老家山上桐子树多，每年都会开花结果。乡亲们常常摘取新鲜的桐子叶，内包嫩玉米磨成的浆，蒸嫩玉米馍馍。秋末冬初，桐子果成熟的时候，乡亲们就会把桐子打下来，卖给乡上的油站榨油。桐油不仅能照明，还是一种保护膜，涂在家具上，黄黄的，很好看。对松明，我就不知道是何物了。见我憨憨的样儿，母亲说，就是有油的松木啊。我这才恍然大悟：周围的山上，到处是松树，松油可以点灯！

我记住了母亲的话，想看一看用松油照明，究竟是咋回事。可惜的是，幼小的我不知道怎么提取松油。每次外出捡柴，我都会拿砍刀在松树上砍几刀，然后观察松油是怎么长出来的。农家煮饭，没有柴不行。天然气和煤炭，那时还是稀有物。我所在的川北深丘只产天然气，全部用管道输送到大的城市和工厂去了，与普通农家无缘；地下又无煤，场镇单位用的煤是从很远的地方拉来的。所以，烧柴就是个大问题。因此，很小的时候，我们就自觉地上山捡柴，为家人分忧了。

在山上，我们会煮锅锅窑。几个娃儿分了工，有的从家里偷偷拿来红苕（红薯）、土豆，有的负责出食盐、辣椒面、醋等调料，还有负责锅碗的。我们学着大人的样子，在松林下挖一个坑，放上一个瓷盆，倒进水，把从家里偷来的东西放进去煮。多余的，就放在火上烧。年龄大的，负责烧火。我们就去附近找干柴，掉在地上的松针容易着火，燃得快，火焰高；松果里含松油，遇火燃得欢，吱吱地笑；干柏树枝也是好材料……火燃着，锅里沸腾着，我们的心里乐开了花。成天在树上跳来跳去的画眉、斑鸠、灰喜鹊飞走了，好像专门为我们腾了场地。一会儿，红苕熟了，土豆㶽了，我们快乐地"开饭"了……忙乱中，你踩了我的脚，我撞了你的腰，刚才还团结如一人的几个娃儿迅速分成两派。惹祸的一方躲得远远的，另一方逮不着，就唱儿歌：

踩到我的脚，哪个说？送医院，巴膏药。啥子膏？牙膏。啥子牙？豆芽。啥子豆？豌豆。啥子豌？台湾。啥子台？抬你屁娃儿进棺材。

这一派唱一段，那一派接着唱：

月亮月亮光光，芝麻芝麻香香，烧死麻大姐，气死幺姑娘。姑娘不要哭，买个娃娃打鼓鼓。鼓鼓叫唤，买个灯盏。灯盏漏油，买个枕头。枕头开花，结个干妈。干妈脚小，气死癞疙宝。

正唱得起劲，不知是谁喊了一声："烧红苕熟了！"两派一哄而上，矛盾瞬间化为无形。吃完烧红苕，个个嘴巴乌漆墨黑的，大家坐成一圈，领头的开始一个一个地点：

一二三四五，上山打老虎。老虎不在家，打到小松鼠。松鼠有几只，一二三四五。

点到最后的那个娃儿接力点，就像击鼓传花一样，稚嫩的童声与欢乐的笑声，仿佛把整个山林都感染了。

在捡柴的过程中，我认识到松果里含的松油多。于是，我就专门去采松果了。松果挂在高高的树上，我不怕。我像猴子一样，爬上了树梢去摘，松果落了一地。我从树上下来，忙着往小背篓里捡。突然，我脚下一滑，整个人就像喝醉了，身子一歪，倒了下去。我顺手一抓，连一根灌木条都没有抓住，眼里开始天旋地转……我滚到了三十多米高的山脚下。与我在一起的几个娃儿吓着了，赶紧向家里报告。家人们赶到山脚下，找到我的时候，我并没有大碍，只是受了一点擦剐伤。说来也怪，山脚下到处是石头，而我落下来的地方居然是一个沙窝，要是差那么一丁点儿，说不定就报销了。

"这娃儿大难不死，必有后福啊！"我们生产队和场镇上的人都这样说。

出了这件事，父母吓得不轻，他们再也不敢让我上山了。这么多年来，没有人问我为什么要去采松果，我也不会向外人轻易透露这个儿时的秘密。

不上山就不上山！我要做的事情还有很多。

03

煤油灯亮起来的时候，大多是天已经很黑了。煤油灯的火光照耀着土墙房，照耀着每个人的脸庞，把短暂的白天一下子拉长了，人们又可以接着干许许多多白天没有干完的事了。煤油灯驱走了黑暗，带来了光明。尽管这一束闪烁的灯火并不太明亮，但比起桐油和松明照明，人们已经很满足了。实际上，我们一家人团聚在煤油灯下摆龙门阵的时候并不多，更多是在忙着吃晚饭，忙着喂猪，忙着缝洗浆补……

农家的晚饭是真正的晚饭，一般要等到晚上九十点钟，才能吃上。晚饭大多是酸菜稀饭。有时为了经饿，要在稀饭里放几块红苕，或者几粒炒过的胡豆，或者红豆。这样的稀饭，花样多，吃不烦。下饭菜多是泡在上了釉的大肚坛子里的泡菜，夏天有土豆、南瓜、茄子、黄瓜、豇豆之类的素菜，肉是绝对没有的。

大人们煮晚饭的时候，就是我们几个小娃儿逮猫猫的时候。尤其是在夏天，我们逮猫猫的兴致特别高。躲猫猫时，一人用手蒙住眼睛，另外几个躲到不容易找到的旮旮旯旯藏起来。藏好后，蒙眼睛的说，我来了。躲猫猫的就特别紧张，生怕被抓住。一般细心搜寻，都能及时找出来。玩得差不多了，我们又玩打铁的游戏，嘴里唱起了儿歌，你一句我一句，还夹杂着合唱：

张打铁，李打铁，打把剪刀送姐姐。姐姐留我歇，我不歇，我要回家割燕麦。燕麦里面有条蛇，把我耳朵咬出血。

打铁游戏玩完了，我们又玩骑马。骑马也有儿歌：

胖娃儿胖嘟嘟，骑马上成都。成都又好耍，胖娃儿骑白马。白马跳得高，胖娃儿耍关刀。关刀耍得圆，胖娃儿坐海船。海船倒过拐，胖娃儿跸下海。

可能这是我对成都最早的认知：成都好耍！考中专的时候，我填的志愿里面，好些是成都的学校。

吃过晚饭，人困马乏，娃儿们大多打起了鼾，而父母亲却还要喂猪。喂完猪，父亲要准备第二天的教案，母亲则要缝补我们磨烂了的裤子、穿烂了的衣服，更多的时候，是纳鞋底做布鞋。一家人的穿着打扮，都是母亲一人操劳。我有姐姐、哥哥。姐姐懂事早，父母亲操持家务的时候,她就端着煤油灯,在前方照亮。

那一盏煤油灯,指引着一家人生活的航船,不停地驶向远方。

04

我上小学了。那是1974年秋天的事。对于我来说,这是一个巨大的转折点。蒙童上学,有一些惊喜,也有一些害怕。上学前,母亲就给我准备了一个书包。与其说是书包,不如说是一个布口袋。那时,流行的书包是一种浅黄色的军用挎包,上面印有毛主席手书的"为人民服务"五个红色的大字。家里仅有一个,大哥上学时占用了,我就没有那个福气了。布口袋虽不那么时尚,但也是书包,也能装读书用的书本、铅笔、橡皮擦等。其实,很多娃儿跟我一样,也是提着这样的书包上学。

记得第一天上学,那天是一个艳阳天。早晨的空气特别新鲜,天空特别蓝,太阳也特别温暖。父亲领着我,穿过密密的苞谷林,走过一块块芳香馥郁的稻田,走进了位于场镇上的文昌宫。我们村还没有村小,父亲教书的地方也在一座寺庙里,距离文昌宫不远。我的读书生涯就这么开始了。我在文昌宫读了一年,就搬到茧站去了。其实,茧站也是一座寺庙。后来,村小修起后,我们几个年级才搬到一起上课。

从上学开始,每天放学回家都要做家庭作业。一般情况下,我都是在天黑之前,坐在小凳子上,趴在长条木凳上,写完作业。偶尔写不完,才会在煤油灯下写。我的作业写得比较工整,书也码得整整齐齐。这个习惯,我一直保持到现在。

年岁渐长,作业越来越多,仅靠放学后的那点时间肯定完不成了。于是,父亲准许我在煤油灯下学习。为了不给大人添麻烦,我悄悄地利用空墨水瓶做了一盏煤油灯。煤油灯做成，特别有成就感，我时常在哥哥、姐姐和小兄弟面前炫耀。父亲看见了，说，这不算啥，你娃儿要是读书"脱了农皮"，就算真本事了。

那是"文革"末期，城镇户口与农村户口是有本质区别的。有城镇户口的干部、教师和工人，吃的是商品粮，由国家按量供应；而农民种的粮食，大部分要交给国家，只有先完成了国家任务，剩下的才由农民按照工分的多寡和人口的多少进行分配。吃上国家粮是多少农民一辈子的梦想。

高考还没有开始，父亲就在激励我们奋斗了。不久，"文革"画上了句号，国家正式开始实行考试升学制度了。考上大学、中师、中专，就意味着以后可以当干部吃商品粮了，就算真正"脱了农皮"。因此，老师常常在课堂上对同学们说，高考是穿皮鞋与穿草鞋的分界线。其实，我还在读小学，距离考大学、中师、中专还早，我对大人的话不太理解，有些懵懵懂懂的。我还是一个娃儿，咋能领会那么沉重的生活话题？

05

在煤油灯下做作业，最怕的就是风。风一吹，灯就灭了，需要划根火柴，才能再次点燃。煤油非常金贵，火柴也同样金贵。火是人们生活中必不可少的东西，一些人家为了节省一分钱一盒的火柴，每天在灶膛里用柴草灰盖上还没有完全燃尽的麸炭，保存火种。我们那里把麸炭又叫火石子。麸炭太文雅，火石子要贴切、形象、传神得多。用明火的时候，就用火钳夹出一粒火石子，放到松毛等树叶或者稻草中间，大吸一口气，收缩嘴巴，对准火石子一阵猛吹，直到把柴草引燃，就可以煮饭、点灯了。

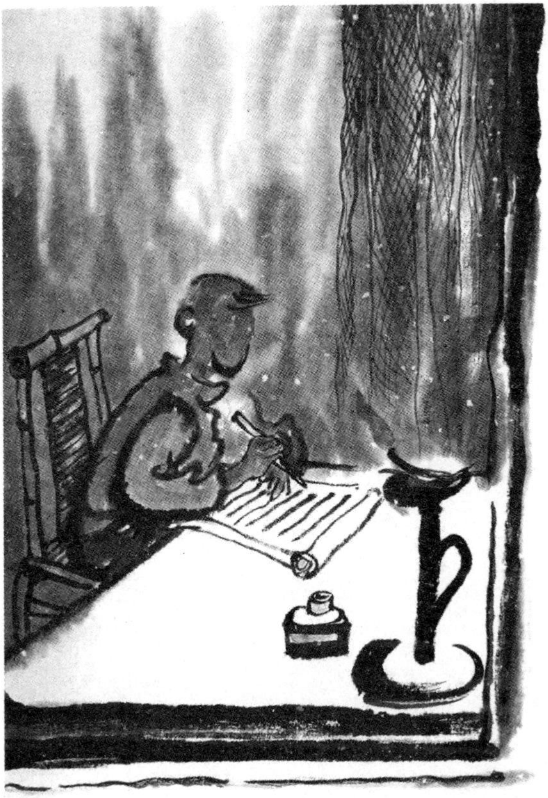

儿時讀書艰苦 為了改变命运常常挑灯夜讀 曼马改

我家住在山梁上一个小山包下，面朝东背朝西。风从北边吹过来，刮过树木和房屋，一溜烟似的跑到南边。夏天倒没啥，秋冬春三季就不好了。风从瓦片、泥墙之间的缝隙灌进屋里，就像一条条拖着长尾巴的蛇，在房间里打着转儿，侵占了房间的每个角落。一盏煤油灯的火苗哪经得起这么折腾，瞬间就被吹熄了。

搬房子是不可能的，只有想办法控制风。把风挡住了，煤油灯才会稳当地亮起来，屋里也会暖和些。于是，父亲叫我们一家人学习"愚公移山"的精神，在北边房后修筑挡风的土墙，展开了一场与风的斗争。一有空闲，我们几个娃儿就在父亲的带领下，用力挖泥土，装进撮箕，抬到土坎上方，垒成土墙。虽然力气小，但我们干得很起劲。一撮箕一撮箕的泥土，被我们搬上了土墙，搬运的土越多，土墙就越高。

前后干了两年多，连接房后山包的、两米多高二十多米长的挡风墙就修好了。父亲没有就此罢休，栽上了洋槐、杨树和李子树。父亲说，这叫防风林，北方地区就是这么防风的。我们似懂非懂，却学着父亲的样子上山去挖树苗。生产队分给我家的自留山在沟壑的底部，离家较远，我们没有力气跑那么远，只好在离家较近的集体林里去挖。

集体林很陡，悬崖峭壁。站在坡顶，如果没有松树、柏木或灌木的遮挡，能一眼看到几百米外的山脚。天气不好，或是秋冬季节，这里云雾缭绕。宽阔的沟壑，被一团团此起彼伏的白雾填平，只露出一个个山尖，如同碧波汹涌的大海上的小岛。温暖的阳光照耀着小岛，金光闪烁。白雾时而如仙兔，时而如骏马，时而如棉团，簇拥着、飘逸着、蒸腾着，如梦如幻。

那是一个白雾缥缈的早晨，我与三弟、四弟悄悄地起了一个大早，决心赶在午饭前把树苗挖回来。三个小小的人儿踏着晨雾，走过被露水打湿的田间小路，来到集体林的坡顶，再从一条小路来到半山腰。山腰里，白雾浓得化不开。我们就像走进了迷宫里，根本辨不清方向。我们人不大，胆子却很大，硬是在林间寻找着我们想挖的树苗。

天逐渐亮了，光线逐渐好起来，我发现了一根斑竹苗。四弟眨巴着眼睛说，太小了。三弟说，去年这里就长了一根粗壮的斑竹呢！我说，栽活了就会长大的。于是，我们就动手挖了。咚、咚、咚……小锄头挖斑竹苗的声音响起，我一个劲地说，轻点、轻点，生怕被早起的住在山脚下的冯爷爷发现。冯爷爷是专门负责照看集体山林的，要是被他发现了，我们三兄弟就会被他逮个现行。如果言语不和，激怒了他，告到生产队的队长那里去，年终是要扣家里的粮食的，我们也会成为全队破坏集体资产的坏娃儿，从此叫人憎恨，抬不起头来。

我们不想成为坏娃儿，但我们又想为家里做点贡献，只能轻点再轻点儿。还好，在浓雾的掩护下，我们终于把斑竹苗挖出来，放进背篼里。背起背篼，我就背起了喜悦，虽然很沉很重，但心里是愉快的、敞亮的。爬上坡顶，我们气喘吁吁，换了几次肩，终于把斑竹苗背回家了。接着，我们在土墙上挖了一个土坑，把斑竹苗栽了下去。三弟和四弟抬来一桶清水，慢慢地灌了下去。

栽下斑竹苗，就栽下了希望。我们天天盼着斑竹苗长大，隔三岔五去灌一次水，看一看斑竹苗是否长高了。牵挂着，牵挂着，春天来了，杨树发叶了，李子树开花了，紧跟着洋槐开花了……我们栽下的斑竹苗也有了动静，发出了一根鲜嫩的竹笋……

挡风墙上的植物就如着了魔法似的蓬勃生长，形成了一道绿色的屏障。这道绿色屏障，不仅挡风效果好，更成了鸟儿们的乐园。每天早晚，鸟儿们在树林里叽叽喳喳闹个不停，好像学着大人们的样子在摆龙门阵。

虽然有了挡风墙和绿色屏风，屋里的风没有那么大、那么猛了，但在做作业的时候，煤油灯还是经常会被风吹熄。我是多么希望有一盏不怕风吹雨打的煤油灯啊！

06

这盏煤油灯说来就来。一天，父亲放学回家，提回了一个带有金属把手、中间有玻璃罩子、下边有个装煤油的金属盒子的灯。晚上，灯一点燃，房间比过去照的煤油灯亮堂多了。让我感兴趣的是，灯的旁边有个齿轮，转动齿轮，灯火可大可小。更重要的是，手提着灯，走出走进，走远走近，再也不担心被风吹熄了。父亲笑着说，这是马灯。

每个月，母亲都要去生产队开几次会。会议一般是学习政治、生产安排等重大事情。白天，社员们要参加生产劳动，哪有时间去开会？所以，生产队只好把会议安排在晚上。每次开会前，大家都要带一捆稻草，以便会后回家照明。

我们生产队没有礼堂之类的专门用来开会的地方，如果不是特别要紧的会，一般都在生产队的晒场和保管室举行。可以说，晒场和保管室就是我们生产队的政治、经济、文化中心。晒场和保管室位于沟壑一级平台的山嘴上。从我家到集体的晒场和保管室，要下一道壑，走一段石板小路，再经过十多条七弯八拐的田埂，才能到达。

壑很深，两边全是陡峭的悬崖，生命顽强的松树、柏树，间或有青冈树，生长其上，郁郁葱葱。壑里有一条很细的溪流，不时有一块块的大石头挡道，曲曲折折地流向远方。黄荆、火棘、牛奶子等灌木丛分布其间，尤其是夏季，灌木疯长，摇曳生姿。小路沿着溪流，在壑里蛇行。只有中午时分，阳光才能照进。白天走在壑里，胆子小的都有些害怕，更不要说漆黑的夜晚了。那十多条田埂两边，全是冬水田，只不过一边抬脚可及，一边有一个两米左右的斜坡。漆黑的夜晚，如果稍有不慎，要么直接走进冬水田里，要么滚落斜坡。运气不好的，可能因此而跛残废了。

　　生产队的会，拉拉杂杂，一般要开到深夜。会一完，社员们如同打开栅栏的群鸭，乱哄哄的倾巢而出。有人率先拿出火柴，点燃会前带来的一小把稻草，另外一个赶紧抽出一把稻草接上火。一时间，无数个火把照亮了山嘴。继而，这些火把带着烟雾，就像一颗颗流动的星星，向四面八方散开。

　　由于我们家离晒场与保管室比较远，母亲常常跟几个住在梁上的婆姨同路。这样既可做伴，又可以节约有限的稻草。稻草容易着火，但有个致命的缺点——燃得太快。一把稻草刚刚点燃，就得准备下一把接火的稻草。为了使稻草火把燃得久一些，婆姨们便把稻草挽成了一个一个的草把。

　　自从有了马灯，稻草火把自动告别了家乡的夜路，退出了历史舞台。

　　生产队开会点的灯，也是如豆的煤油灯。会场的中心，无疑是以煤油灯为中心了。讲话的人，在煤油灯下侃侃而谈。离灯较远的地方的社员们往往很不安分。会场里人影绰绰，只能凭声音分辨哪个是哪个。男人们吧嗒吧嗒地抽着叶子烟，火光在会场里一闪一闪的。小媳妇、大婆姨们则家长里短、窃窃私语，高兴处嘻嘻笑个不停。胆子大的年轻后生往往趁此机会与心仪已久的姑娘打情骂俏⋯⋯

07

只有分粮食或斗地主时,生产队才会点汽灯。汽灯其实也是一种煤油灯。装上煤油后,用力向汽灯底座的油壶里打气,就产生了一定的压力,使煤油从油壶上方的灯嘴处喷出。汽灯没有灯芯,灯头套在灯嘴上一个石棉做的纱罩里。纱罩遇到高温后,便会发出耀眼的白光。

汽灯挂在高高的房梁上,比马灯亮堂多了,把周围十多米的地方照得通明。

生产队生产的粮食交了公粮后,剩下的粮食才分给各家各户做口粮。晾晒好的粮食一般堆在保管室里,也有堆在晒场上的时候。

分粮食是一年中最重要的日子,因为一年里口粮的多寡就要在这天晚上见分晓。不仅大人关心,就连我们这些调皮捣蛋的娃儿都不敢大声武气地吼闹了,怕一不小心,自己家里分少了。口粮分少了,就要饿肚皮。因此,点上汽灯,好让大家看清楚称粮食时搞错了没有。

分粮食前,生产队的会计就会根据全队的人口数和每家每户挣的工分,精确计算出每家要分多少斤粮食。

那些劳动力多的人家,挣的工分多,自然分到手的粮食就多,分粮食是他们的节日。这天对于像我们家这样的"单边户"(只有父亲或母亲一人挣工分)而言,就是难过的一天。要等那些粮食多的人家称完了,生产队才会给我们家称。

分粮食时,队长往往按照花名册唱名,会计负责记账,记分员负责称秤,几个壮劳力负责往大秤上的箩筐里装粮食。

我参加过一次分粮食,那也是个灯火通明的晚上。那天,我放学后父亲就回来了,他背了一个大背篼,叫我也背了一个小背篼,一起去晒场边的保管室背粮食。

父亲和我走到保管室时,天已经很黑了。汽灯明晃晃地亮了起来,汽灯下面还可听见汽灯喷煤油的呼呼声。社员们往日和颜悦色的脸都紧绷着,两只眼睛不时望向汽灯下分粮食的地方。

我们在晒坝边的一角找到母亲。满脸倦容的母亲就像犯了天大的错误,小声地对父亲说:"今年怕要挨饿了。"原来,当年粮食减产,加之母亲生了几次病,工分比往年更少了。

父亲安慰母亲:"每年都难过,我们想想其他办法,挨一挨就过去了。"

母亲说:"大人好办,那么多娃儿正长身体,经不起饿啊。"

父亲说:"不要想那么多,天无绝人之路嘛。"

时间在一分一秒地过去,留在晒场上的人越来越少。父母和我已经从晒坝边挪到了晒场中央。尽管汽灯还在忠实地履行着自己的职责,但依然能看到满天的星斗。父母说着话,我一边等分粮食,一边抬头看星星。我的脖子都看疼了,队长还没有叫我们。

于是,我一屁股坐到晒坝上。母亲说:"晒坝凉,坐在背篼上嘛。"

我问母亲:"还要等多久?"

母亲说:"快了。"

母亲说的"快了",其实一点儿也不快。等得瞌睡来了,我才听见队长用他那洪亮的嗓门喊起了我母亲的名字。

母亲像突然被一根细长的钢针刺醒,忙说:"来了,来了。"

虽然父亲和母亲跑得快,但还是被称秤的人奚落了一顿:"干活时跑得慢,分粮食还是要跑快点嘛。"

母亲气得脸都红了，父亲忙说："我们来了，我们来了。"

看到这一幕，我想没有这么欺负人的，便在心里暗下决心：一定要活出个人样儿来。

称粮食的是一台磅秤，前面是一个正方形的铁制托盘，上面放了一个箩筐。所有的粮食都倒进箩筐里称。一根铁铸的杆子连接着带有刻度的杠杆，杠杆尾端可挂不同重量的砝码。称粮食的时候，除了要看砝码的重量，还要看杠杆上滑动的指针滑到杠杆平衡时的刻度。

给我们家称粮食时，先前堆得像小山一样的粮食，仅剩下薄薄的一层。几个装粮食的壮汉用扫帚扫了几次，才将我们家的粮食称够。

父母也不管里面是否有杂质，与我一起背上就走。等我们把粮食背回家，已经是深夜了。

更加隆重的场合，使用的就不是一盏汽灯了，而是两盏，或者三盏。

每年，县里的川剧团都会来我们公社巡回演出。川剧团的到来，是一年中最热闹的时候，四里八乡的社员都会来看演出。演出的地点，就是已经变成了初级中学的文昌宫。

文昌宫里有个万年台，是专门演戏的地方。每年乡村小学的文艺会演、初级中学的文艺表演，都在这里举行。万年台飞檐翘角，雕梁画栋，很是壮观。走在厚实的木板上，如履平地。我读小学、中学期间，这儿就是我的乐园。

走进文昌宫，要从长条石做的大门框进入。推开沉重、厚实的木门，抬脚迈过高高的门槛，就到了万年台的下面，一人合抱的十根木柱分列两边。前面是一个四合院，街沿也是长条石码成的，地上铺着光滑的石板，比现在铺的地板砖还漂亮、结实和平坦。走过院坝，登上十级条石阶梯，就迈上了"破四旧"前供奉文昌帝君的宽大殿堂。左右两边,是两层楼的教室,清一色的雕花门窗。令人叫绝的是,无论下多大的暴雨,四合院里都见不到积水。这些雨水,全部通过街沿下的排水通道流走了。四个角的排水口,是用青石镂空的花朵,既好看,又实用。从四合院内到戏台,有一个两边安装着扶手的木楼梯。从木楼梯爬上走下,如鼓声咚咚作响。

县川戏团演出的川剧有《穆桂英挂帅》《迎贤店》《营门斩子》《空城计》等。川剧团来一次不容易,来了就要演上两三天,给乡村无味的生活增添了一点生机。演出前的下午,娃儿们都会搬上小板凳,替一家人抢占座位。晚上,天还没有完全黑下来,几盏汽灯就把万年台照得雪亮。暖场的锣鼓时而如疾风骤雨,时而像窃窃私语……穿戴整齐的大人和小媳妇们赶来了,把平日里空荡荡的四合院填得水泄不通。

对于我们这些娃儿而言,等待看戏是一个漫长的过程。开戏前,个个都是精神饱满、活蹦乱跳的。开戏不久,我们慢慢就在锣鼓声中和咿咿呀呀的川剧唱词中睡去。有些娃儿,看着看着,脑袋一偏,就从凳子上倒了下去。大人们既要看戏,又要照看娃儿,十分疲惫,却很少埋怨。往往一台戏结束,要问我们这些娃儿演了些啥子,我们都会莞尔一笑,记不得了。

我记住的是,川剧团里有一个我们镇上的女娃儿在当演员。大人们说,她是招工招进去的正式演员。大人们经常有意无意说起这事,看戏的时候也在说,看,胡女子出场了!他们谈论这事,好像就在夸自己的有出息的娃儿,好骄傲哦。

我不认识啥子胡女子,倒是对经常在课间欺负我的女同学不满。看戏时,乘她不注意,我就拿了根学校学农时的小扁担,轻轻地敲了一下她的脑壳。

搞这个恶作剧,是需要巨大的勇气的。打女同学前,《空城计》里诸葛孔明的英雄气概鼓舞着我：

休害怕，尔等需镇静
自有本相退敌兵
只管开怀把酒饮

"仇"是报了，但没有酒喝，更没有开怀痛饮的感觉。看见老师，我心虚得发毛，就像老鼠见到猫一样。这个反常的表现被我的班主任李老师发现了，问：躲啥子？

跑是来不及了，我只好吞吞吐吐地把所犯的错误如实招了出来。李老师严厉地批评了我。我也知道错了，主动向那位女同学道了歉，心中的一块石头算是落了地。

一盏盏煤油灯记录了我成长的轨迹。不知不觉间，我已从一个顽童，成长为一个意气风发的少年。

08

又是一个秋天，我再次走进了文昌宫。这次不是来玩的，也不是来看戏的，而是来上学的。走进文昌宫，就走进了我的中学时代。

对于我来说，考试似乎不是一件多大的难事。小升初是考了试的，考试的细节，我已经忘了。但张榜的时候，我记得比较清楚。那是一个雨天！风雨过后，天空出现了难得一见的彩虹。被雨水洗刷过的沟沟壑壑、山山岭岭，满目青翠，空气里飘荡着一丝甜甜的香气。

大姐赶场回来，对我说，你考上初中了！

我问，你咋晓得的？

大姐说，录取通知都贴出来了。

我怕大姐逗我玩，于是踏着泥泞的土路，来到了过去的文昌宫，如今的初级中学。一进大门，就看见万年台下的黑板上张贴着几张白纸。白纸上面用毛笔密密麻麻写满了当年初级中学录取新生的名字和新生所在的大队。我的名字排在前面，并不难找。这是我的名字第一次出现在公众视野里，我的心中涌起了一阵热潮。

上了初中就没有读小学那么自由了。我同学的家大多离学校较远，没有时间走读，只能住校。那时住校，不管男女，睡的都是通铺。所谓的通铺，就是一个班的男同学或者女同学，并排睡在一间大寝室里。床上铺的是稻草或是苞谷秆。一日三餐，全是自己从家里背来的红苕、大米和腌菜。上课前，同学们先要把红苕、大米洗干净，然后放到搪瓷碗里，再端到学生食堂去蒸。等到上午或下午放学时，食堂师傅就会把饭蒸好。一出教室，同学们就会一窝蜂似的跑到食堂里去找自己的碗，然后就着从家里带来的腌菜吃饭。

我很羡慕这样的集体生活，但父母不允许我住校，理由是我们家离学校不远。不让我住校，我就有些不高兴，说了一大堆理由，但胳膊终究拧不过大腿，我还是没有住成校。

没有住成校，但学校的晚自习照样要上。那时，国家已经实行高考制度了，读书跳出农村，是一种时尚，也是改变命运的途径，但这样的道路充满了艰辛与苦涩，录取率是相当低的。大姐初中毕业，全校四百多人，只有一人考了个中师。考上中师，就吃国家粮了，毕业后就是干部，既可以当老师，也可以当领导。记得大姐升学考试前，父亲拿出自己的看家本领，按照考试大纲出了几套题，我们叫作"打钉子"。姐姐做了一遍又一遍。可惜的是，大姐并没有考出父亲希望的好成绩来。

　　我们上晚自习，照明用的也是墨水瓶做的煤油灯。尽管有考试"跳农门"的压力，但在灯影幢幢之间，我们还有孩子的天性，常常打打闹闹，怡然自乐。或许，这也是释放压力的一种方式。晚上上完自习，同学们去休息了，我还要踏着夜色，赶回家去睡觉。天清气朗的时候，星河分明，倒也是一番好景致。怕的是月黑风高，看不清前路，一不小心，就会一脚踏空，掉到路边的坡坎下。更怕的是黑夜里农户家的大黑狗，它们听到丁点大的异响，就会飞奔而出，等你还没有发觉的时候，说不定就被咬了一口。一般的狗遇到生人，都会狂叫。只有大黑狗，才咬你没商量。从那时起，我就知道叫得越凶的狗，越不会轻易咬人，只有那些不声不响的狗，才是咬人的狗啊！

　　因此，每次晚自习回家，对我来说都是一次"历险记"，但我一次也没有缺席过晚自习。在我的心里，学习是重要的，但也是好玩的。学习让我知道了过去好多不知道的道理。学校里的书本就像一个巨大的知识宝藏，等待着我去挖掘。

09

　　不知不觉，一个学期过去了。过了寒假，新学期又开始了。再次让我感到新奇的是，学校引进了一种罩子灯。尽管罩子灯用的还是煤油，但有玻璃罩子挡风，就不怕风吹了。还有，罩子灯的光亮比墨水瓶做的煤油灯明亮多了，照得更远了。为此，我高兴了好一阵子。

　　每当晚自习来临前，我就开始擦罩子灯的玻璃罩。一般先用小手指裹着软布，轻轻地顺着灯罩，沿边儿一圈圈地旋着擦。遇到污垢擦不干净的，就使劲哈一口气，再轻轻地擦，反反复复，直到玻璃罩子里里外外清清澈澈、泛着幽蓝幽蓝的光，这才小心翼翼地将玻璃罩安放在灯座上。

这期间，我接触到一本叫作《钢铁是怎样炼成的》的书。书已经很旧了，没有了封皮和封底，却并不影响我的阅读。书中有一个叫保尔·柯察金的年轻人的故事深深地吸引了我。晚上晚自习结束后，同学们陆陆续续洗漱去了，准备睡觉了，我就拿出书来，专心致志地看。看到动情处，我心潮澎湃，发誓一定像保尔一样，"在任何情况下也不怕困难"，用坚强的毅力创造出奇迹。

看书看得晚了，回家自然也很晚了，父母亲也等我到很晚。他们以为我是走夜路看不清，才走得那么慢，因此并没有埋怨我。一天，我照例回家很晚，心里感觉很对不起父母，就说，其实你们用不着等我，可以早点睡嘛。母亲看了我一眼，没有说话。父亲却拿出一个亮闪闪的金属棒给我，说，明天带上，回来照路。

原来，这是父母亲省吃俭用，专门给我买的手电筒。打开按钮，一束电光划破黑暗，射到了对面的土墙上，空气里的灰尘在电光里异常明亮，不断地上浮下沉。

父亲说，你娃儿还挺聪明呢，莫得哪个教你，就会用了。

母亲说，给你买这么金贵的东西，你要珍惜，莫耽误了读书哦。

年少的我还不知道怎么表达自己的感情，只说了句，不会的。

第二天上晚自习，我没有带上新买的手电筒。我想，我就是走会儿夜路，已经习惯了，倒是家里晚上有那么多的事要做，比我更用得着。要是妈妈晚上到生产队开会，就不用点马灯了，打电筒更轻便更省事些。但从此以后，下了晚自习，不管带没带手电筒，我就不敢再多看一会儿书了。

转眼到了初二,学习的课程更多了,学习也更紧张了,同学们都憋着一股子劲,决心要考上中师、中专。一些有城镇户口的同学,不愿考中师、中专,也要读高中考大学。父母虽没有跟我交流,但我看得出来,他们是不会支持我读高中的,因为我大哥已在区中学读高中,如果我再去读,家里已经没有那个经济能力了。再说,我的后面,还有几个弟妹也要读书,不能因为我的自私而耽误了他们的学习。所以,摆在我面前的只有两条路可走,要么考上中师、中专,要么回乡务农。

道路摆着就摆着,天天想也没有用,该干啥就干啥。物理课的电学吸引了我,我把手电筒用过的干电池、灯泡,还有生产队废弃的一些电线拿来,做起了物理实验。实验室建在家里的一间阁楼上,平常没有人去,也没人注意。什么电流、电阻、串联、并联……按照物理书上讲的,我把那些空洞的理论,一一进行了检验。阁楼上,到处都是我牵的蛛网一样的电线。一有空,我就跑到阁楼上去倒腾,自得其乐,常常忘记了时间。

半期考试,是全区统考。那时的区管了四五个公社,学生众多。物理考试,我居然考了全区第一名。这令教我们物理的崔老师很吃惊,也令校长吃惊。他们说,这娃儿把附加题都做完了,有点名堂。所谓的附加题,就是试卷结尾的一道题,难度较大。以至于在我升学考试的时候,崔老师悄悄把我报考的志愿从中师改成了中专。因为当年的中师、中专志愿填报,只能二选一。

10

罩子灯用了一年多,我们就不用了,彻底与煤油灯家族告别了。学校买回了一台柴油发电机,安排专人负责每天晚上发电,又叫工人师傅把电线牵到每间教室里，给每间教室安装了两盏白炽灯。施工持续了将近一个月，才算完成。

我们期盼着电灯早日点亮。跟我同桌的是一个皮肤黝黑的男生，我们都没有见过真实的电灯亮起来究竟是啥样子。有时，正在做作业，就会听到他骗我，哦！电来了！其实，同学们抬起头来，看到的还是罩子灯的灯光。

电灯终于还是亮了。电灯是突然亮的，我们的罩子灯还在忠实地默默地履行着它的职责。但在雪亮的电灯下面，罩子灯是那么不起眼，那么黯然，就像《西游记》里的妖怪，被孙悟空一棒打回了原形。在电灯光的照耀下，我有些为心爱的罩子灯鸣不平了。但这是从火到电的跨越，谁也阻挡不了。只是这电光来得太突然，又太漫长。

我们所用的电灯，毕竟是柴油机发电，很不稳定，忽明忽暗。有时正做作业，电灯突然就变暗了；有时正上厕所，突然就熄了。这些算不上什么大毛病！大毛病就是其他教室灯火通明，只有我们所在的教室失去了光明。这时候的教室是乱哄哄的，但同学们都不敢四处走动。这时，我们都会点燃蜡烛，尽快抓紧时间学习。我的胆子大，自告奋勇地利用所学的有限的交流电知识，前去检查故障。有时为了接根电线，搞得电光火闪的，让全班同学提心吊胆。

正如崔老师预料的那样，我顺利考上了中专。我们那届五百多名考生，只有我考上了中专，还有一位考上中师。录取通知书是父亲从公社邮局领到的。领到通知书，他就往家里赶。快到家的时候，他手举着录取通知书，大声地告诉我们，考上了，考上了！高兴万分的他，一路小跑，走过洒满阳光的乡间小路，飘过绿油油的稻田，把喜悦留了一路。

阳光下的田野更加生机勃勃了。

我们全家人都沉浸在幸福之中，为我感到骄傲。

就要离开老家了，乡亲们为我举行了一场升学宴。附近的乡亲、场镇上的叔叔、学校的老师和领导都来祝贺。公社党委、革委会也敲锣打鼓给我们家送来一块题写有"教子有方"的牌匾。

而我，是多么希望学校里的电灯早日走进寻常百姓家啊！

读中专期间，我的这个愿望真的实现了。父亲来信说，农村家家户户用上电灯了，喜悦之情溢于言表。这可是开天辟地的一件大事！尽管电费有点贵，时不时还要停电，但这是一种照明方式的改变，具有划时代的意义，我由衷地为身处川北深丘的父老乡亲们高兴。

教我们语文的冉老师叫我们写一篇命题作文——《桥》，还兴致勃勃地组织我们全班同学参观了都江堰的安澜索桥、南桥、幸福桥等，我却自作主张，把《桥》改为《家乡有了夜明珠》。那一只只白炽电灯，就像一颗颗闪闪发光的夜明珠，不仅给川北深丘的百姓带来了光明，还带来了生活的巨变。洋洋洒洒，我写了近两千字。

我的这种不按套路出牌的做法，自然没有得到冉老师的肯定，更不要说表扬了，但那是我诚实的记录、内心的独白和情感的迸发。对于深居象牙塔的冉老师来说，他何以理解我那时的心情，更体会不到川北深丘父老乡亲们千年巨变的喜悦。

从煤油灯、马灯、汽灯、罩子灯到手电筒、电灯……一路走来，那一盏盏灯火照亮的，不仅是一个人、一个家庭和一个地区，而是一个民族一个国家不断走向强盛的足迹。

这一盏盏不灭的灯火啊，陪伴着我们迈向了一个又一个崭新的旅程。

封沟堰

01

我说的这个封沟堰，不是名堰，也没有多长的历史。如果硬要攀龙附凤，找点文气，可能就跟我的父亲有关。因为，我父亲是封沟堰边走出来的第一个教书匠。在浩浩荡荡、绵延不绝的历史长河里，这个亮点根本就算不上啥，还不如一颗流星划过天空，有个一瞬即逝的痕迹，更不要说令人深刻的印象了。

老家在川北，丘壑连绵。逶迤的大巴山从北向南铺展开来，到我的老家，仅是其余脉的余脉了。尽管是余脉，却也不失威严。高高隆起的，有两座山，一是平顶山，一是岳东寨，岳东场镇就坐落在两山之间的斜坡上。

平顶山的山顶正如她的名字一样，是平的。"农业学大寨"的时候，社员们把山顶的松树、柏树和青冈木砍了，建成了果园，种上苹果树和梨树。印象中，苹果的产量不是很高，倒是给我们这些顽皮的娃儿创造了一个偷苹果的机会。岳东寨的山顶，有一个观音庙和一个药王庙。观音庙始建于唐朝中期，药王庙稍晚，建于唐朝末年。每年正月初一，人们登高望远，都要到山顶朝拜，祈求来年消灾减难、风调雨顺。

站在平顶山，俯瞰整个岳东场镇，就像一只展翅欲飞的凤凰。凤冠是岳东寨山顶的两座庙宇，颈脖是岳东寨高高的山体，岳东场镇就像一颗巨大的宝石，挂在凤凰的胸脯上，凤体和凤尾就是平顶山了。展开的双翅，右边为大地垭、斑竹园，左边是唐家湾、姜家包、茅坪梁。

封沟堰就在凤凰左翅腋下,即唐家湾与茅坪梁的连接处。顾名思义,封沟堰就是在一条沟壑里,筑起一个堤坝,把水拦起来的塘堰。

修建封沟堰的时候,我还是一个不晓世事的顽童。从姜家包到茅坪梁,要先从悬崖上开凿的一条窄窄的山路,走到沟壑的底部,再从沟壑里沿着巴壁路爬上去。山路在光滑的石壁上写着"之"字。走在上面,常常要手脚并用。不然,一不小心,就会从陡峭的山路上摔下去,绊个粉身碎骨。常年生活在平原地区的人走到这里,看一眼深不可测的谷底,都会倒吸一口冷气。尤其是望向对面"挂"在石壁上的山路,两腿就会不自觉地筛糠了。

"文革"期间,我们生产队的婆姨们,就跟参加了比赛似的,一个接着一个地生娃儿。短短几年时间,生产队的人口猛增。原本成熟的田地所产的粮食,扣除上缴的公粮外,已经养不活那么多的人了。大人们的眼睛,就盯上了山梁上或者沟壑里那些长满灌木丛和野草的荒地,决心通过开荒,增加土地面积,彻底解决全队人吃不饱的问题。

农民有的是力气,不要说开荒,就是开矿,那也不在话下。川北深丘,常常是十年九旱,春旱连着伏旱,缺水非常严重。因此,在那些光滑的石壁上,经常可见"水利是农业的命脉"之类的用石灰水写成的白生生的标语。修堰塘无疑是解决严重缺水又一劳永逸的最佳办法。尽管修建堰塘很苦很累,但比起全队人的生存来说,就是不值得一提的一个很小很小的问题了。

02

砰……砰……1970年夏天的一个早晨，几声炮响把我从睡梦之中震醒，吓得我"哇"的一声大哭起来。没来得及穿衣裳，我就破门而出，一口气跑到我家右边的长着慈竹和李子树的菜地边，大喊："妈妈……妈妈……"这时，太阳已从东边的山垭间升起来了，根根金针刺得我的眼睛都快睁不开了。

远处，母亲与生产队的大人们却一脸的喜悦，谈笑声和着飘散的硝烟味儿，慢慢地钻进了我的耳朵和鼻孔。我更加害怕了，哭得更加厉害了。听到我的哭声和喊叫，母亲小跑回来，对我说，不哭、不哭，修水库是好事，乖娃儿不哭哈。原来，这是修建封沟堰的炮声。几声炮响，不仅打破了山村的宁静，还让亘古未变的山梁与沟壑，从此变换了模样。

当天早上，封沟堰正式开建了。

接下来的日子，唐家湾、茅坪梁与姜家包两岸，陆续聚集了全大队的壮劳力。这些人自带干粮和钢钎、铁锤、撮箕、锄头，在陡峭的山崖上摆开了战场。一根根松树、柏树，不管大小，全都在巨斧之下和炮声之中被斩草除根了。往日长着茂盛的丝茅草、地瓜藤，开满野棉花的草坪被开膛破肚，露出了橙黄色的肌理。下大雨的时候，工地上的人群瞬间就会消失得无影无踪，只留下没来得及拿走的锄头、撮箕和钢钎，夯土的石碾子停在沟底的土坝上，天公给它洗了脸，恢复了本来的面目。

离工地不远处，有一棵高大、英武的马尾松，绿油油的。靠近树顶的地方，挂着一只高音喇叭。这只喇叭很守时，每天清晨和傍晚都会准点响起。早上播送的是《东方红》，一听到"东方红,太阳升,中国出了个毛泽东"的旋律,修建封沟堰的人们就陆续来到了工地上;傍晚,喇叭里响起"大海航行靠舵手,万物生长靠太阳"的歌声,大家就知道该下工了。每次播完歌曲,就播新闻动态,有工程进度、好人好事、经验交流、通知公告等。播音员瓮声瓮气地操着不太标准的普通话,让人听不清究竟说了些啥。有时,广播也会在上午或下午突然响起,要么是通知各个生产队的队长开会,要么是传达上级的指示和要求,偶尔也会转播中央人民广播电台的节目。

  我最喜欢听的是男人们抬石、夯土的号子,经常顶着毒辣辣的太阳,跑到工地上去边听边玩。抬石头和夯土,是苦活累活,一般是壮劳力们的事,很少有女人参与。石匠们在刨开土壤的石壁上,开出了一根根方方正正的长条石。这些沉睡了亿万年的石头终于翻身了。它们被男人们捆绑起来,抬到沟壑的底部,用来砌挡墙、涵洞……

  通往沟壑底部的挂壁路,早就被拓宽了。在拐弯的地方,人们把七八根圆木并排绑扎在一起,搭起了一个简易的抬石头的通道。一根条石,一般要八个精壮男人才抬得动。抬石头时,四个男人走在前面,四个男人走在后面。其中一个领头的喊着号子:

嗨着、嗨着、嗨吔着。

其他七个人跟着喊:

嗨着、嗨着、嗨吔着。

领头的又喊:

抬起头哦,向前看哦。

其他七个人接着喊:

抬起头哦,向前看哦。

领头的喊:

迈开步哦,走整齐哦。

另外七个人跟着喊:

迈开步哦,走整齐哦。

八个人的步伐,随着铿锵的号子声,就像部队战士出操一样,整齐划一地迈开了,嘴里不停地喊:

嗨着、嗨着、嗨吔着。

唱完一段,他们还会唱第二段。碰到有人挡道,他们就会唱:

小伙子啰,真是帅哦;让开些哟,莫捣乱哦。嗨着、嗨着、嗨吔着。

遇到年轻的姑娘、媳妇,他们即兴开口:

大姑娘哦,好好看啰;想得到哟,娶回家哦。嗨着、嗨着、嗨吔着。

这时的年轻姑娘、媳妇,都会羞成大红脸,俏声骂道:

臭流氓,滚滚滚!

八个男人立即回应:

大姑娘哦,莫害臊哦;好男人哦,找不到哦。嗨着、嗨着、嗨吔着。

鲜明有力的节奏、单纯流畅的语调、乐观豪放的情绪,不仅感染了每一个参加修建封沟堰的人,还感染了我们这些玩耍的娃儿。

如果发现脚下有水坑,领头的就会唱:

前面明晃晃。

后面的人仿佛有心灵感应,立刻回应:

地下水凼凼。

有时遇到拐弯,领头的还会在临近弯道的地方喊号子:

前面甩啊!

其他几个人便响应：

后面摆呀！

表示已经知道了。
若是发现前方不远处有粪便或污物，前面的就唱：

脚前一盆花啊！

后面回应：

地上烂泥巴呀！

　　诙谐、乐观的号子声，把抬条石的人凝结成一个整体，不仅提高了劳动效率，还提醒大家不要踩乱了节奏。一旦有人踩乱了节奏，人心就会错乱，沉重的石头便会毫不留情地砸到人。运气好的，受点轻伤；严重的，就会砸到脚或砸断腿。

　　打夯也有号子。所谓打夯，就是把一块一米多长的四方条石立起来，在接近头部的地方用錾子打一个石槽，再用几根铁丝把木头杠子牢牢地绑在石槽里。夯土的时候，八个男人抬起木头杠子，就抬起了夯石，又一起丢开，夯石凭借重力快速落下去，把疏松的土壤砸了个结结实实。

　　打夯也是个力气活儿，其劳动强度并不比抬石头差。"呸、呸、呸……"打夯前，几个男人向手掌吐了几口浓重的唾液，搓了搓手，仿佛涂了一层神奇的魔法无边的润滑剂。其中一个领头的说：

开干!

大家就齐声唱了起来:

嗨嗨哟儿,嗨嗨哟!

说着,八双大手抓住木头杠子,呼地一下把夯石高高地抬了起来。说开干的那个领头唱道:

我们那个打起来哟。

紧紧抓住木头杠子的八双大手一起松开,夯石迅速落下,砸在松软的泥巴上,把凹凸不平的泥土变成了一个土坑。

大家又唱:

嗨嗨哟儿,嗨嗨哟!

夯石又被高高地抬了起来。领头的再唱:

主席号召修水利哟。

大家又一起松手,夯石狠狠地砸向地面,又砸出一个土坑。大家齐唱:

嗨嗨哟儿,嗨嗨哟!

领头的唱:

修好水利为人民哟。

大家接着唱：

嗨嗨哟儿，嗨嗨哟！

领头的唱：

自力更生不怕苦哟。

大家唱：

嗨嗨哟儿，嗨嗨哟！

领头的又唱：

丰衣足食真幸福哟。

大家跟着唱：

嗨嗨哟儿，嗨嗨哟！

在一声声号子声中，堆码得高高的一大片泥土变矮了许多，变得越来越结实，变成了一块平展的"演兵场"。大坝就这样一寸一寸地长高了，慢慢地向着沟壑的顶部攀登。

03

　　随着大坝的不断长高，沟壑两边的泥土、石头日渐减少。

　　几个秋冬过去了，封沟堰终于修好了。高高的堤坝抹平了茅坪梁与姜家包之间宽大的沟壑，人们往来茅坪梁和姜家包，再也不需要爬坡上坎，如蚂蚁一样在挂壁路上颤颤巍巍地跳探戈了。

　　修好后的封沟堰，就像一口朝天的巨碗，等待着雨水的检阅。雨水就像专门跟人们作对似的，整个夏天都要过去了，也没见下过一场透雨。倒是懒蝉子在马尾松林里不知疲倦地歌唱，此起彼伏的声音，仿佛一浪盖过一浪的滔天洪水，让人神形皆乱。

　　立秋过后，天气好像变了似的，时时可见乌云翻滚。一场大风过后，豆大的雨点跟着就来了，密密麻麻地砸向干渴的山川和田野。封沟堰四周，被太阳晒酥了的土地立即腾起一阵烟雾，不一会儿，又形成了一股股细流，就像无数条扭动着腰肢的长蛇，纷纷窜向封沟堰。

　　一场秋雨一场凉。几场秋雨过后，空荡荡的封沟堰，一下子鼓胀起来，蓄满了各处汇集而来的浑黄的雨水。尽管这些雨水暂时没有那么好看，但蓄上了水，就蓄上了希望，尤其是对位于沟壑底部与茅坪梁、姜家包上新开垦的田地来说，无异于一滴滴的救命水啊！

　　"快割快黄……快割快黄……"当布谷鸟的鸣叫传遍山野的时候，人们就度过春荒，进入抢收油菜、小麦和豌豆，抢栽秧苗的红五月了。这是一年中最忙碌的一个月，不论男女老幼，几乎是全队总动员，投入到双抢大战之中。学校里也放了农忙假，老师和学生都回到各自所在的生产队抢收抢种。大人们在前面抢收,我们这些小娃儿就跟在后面捡拾大人们没有收拾干净的漏网之鱼——麦穗和豌豆。运气好的时候,一天要捡一斤左右。我们捡拾的粮食一般是不用交给生产队的,对于严重缺粮的每家每户来说,无异于天上掉馅饼了。

因在沟壑底部和茅坪梁、姜家包上开垦了一些新的田地,我们生产队的栽秧面积扩大了许多。沟壑底部的新田,只需放下封沟堰的水,就可栽秧了;而茅坪梁和姜家包上的田地,只有抽水才能栽上秧。

生产队安排了一批壮劳力,不知从哪儿抬来了粗大的铁管子和黑乎乎的铁疙瘩。大人们叫它抽水机。他们把抽水机安放在封沟堰边的一个平台上,一头连接铁管子,放到封沟堰的水面下,另一头也安上铁管子,攀上了茅坪梁最顶端的栽秧田。只见机手快速摇动弯曲的手柄,抽水机冒出了几股黑烟,就吼了起来。这亘古未有的声音把大人娃儿们吓了一大跳,也将四周觅食的麻雀惊得四处逃窜。

抽水机一响,连接到茅坪梁上黑乎乎、深不见底的铁管子的洞口就吐出水来了。宝贵的水哗哗地流进了田地,灌满了一亩又一亩。不到一个星期,茅坪梁上的梯田都灌满了水,就像一面面月牙形的镜子镶嵌在大地上。

有了水,大人们就更忙了。每天,他们天不亮就上工了,一直要忙到天完全黑下来,才回到家里。中午饭是我们这些娃儿送到他们忙活的地方去的。栽秧全靠人力,不仅是个技术活儿,更是对身体的一大考验。连续不断的插秧,把男人和女人变成了一个个弓形的移动机器,很多人累得腰都直不起来了。

有付出就有回报!我不知道这是哪个哲人说过的一句话,但我知道茅坪梁上开天辟地第一次栽上了秧。绿油油的稻田在阳光、晨雾和露珠的滋养下,变得越来越妩媚动人了。

一晃眼进入六月，秧苗长得更高更绿了。大人们又忙活起来。每天，他们戴上斗笠，挽起裤脚，排成排下到秧田里薅秧了。薅秧一要松泥土，二要除杂草，是水稻抽穗之前一个提高产量的有效办法。时不时，我们都会听到薅秧歌从山梁的这边飘到山梁的那边，传得老远。

一般是女的先唱：

风儿阵阵吻绿秧，
路对路来行对行。
彩蝶双飞花心上，
情哥情妹薅秧忙。
手杵竹棍脚套箍，
脚伸脚缩喜洋洋。

女的刚一停，男的就跟上：

白鹭纷飞蓝天上，
鸳鸯戏水在莲塘。
妹妹好似莲一朵，
莲子没熟哥先尝。
秧苗薅得左右晃，
杂草稗子一扫光。

男的唱完，大伙齐唱：

六月天气热似火，
众人薅秧乐呵呵。

薅秧要唱薅秧歌，
越唱心里越快活！
我们薅秧不歇脚，
汗水浇开花万朵。

高亢、婉转的薅秧歌如仙乐一般扎进了我们的灵魂，催熟了沉甸甸的稻子，让我们的生活有了巨大的改善。

04

抽过水的封沟堰经过几次大雨，空瘪的腹腔又鼓胀起来了。这个时候，封沟堰又成为我们天然的游泳池。对我们这些娃儿来说，这是一个逞强好胜的泳技比赛场。

封沟堰水深，尤其经过一个冬天的洗礼，往日的黄汤变得碧绿碧绿的，绿得让人有些害怕。站在岸边的巨石上看去，成群结队的鱼儿黑压压的，一群跟着一群在墨绿色的水里自由自在地畅游。这宽阔、纯净的水体，好像就是它们的田径场。我仿佛成为一个检阅部队的将军，向游过的部队忙不停地行着注目礼。我想起"过江之鲫"这个成语来，眼前的景致就是最生动、最权威的解释了。

我的泳技并不是在封沟堰学会的，而是在茅坪梁上一个不大的山湾塘练会的。到封沟堰游泳，我还没那个胆量。看到比我大的娃儿，天天在封沟堰里如游鱼一样漂来荡去，我就不服气，心里痒痒的，但又没有办法。所以，我先在山湾塘里尽情地折腾。没有教练，没有教材，呛了无数口水，我终于学会了狗刨式的泳技。后来，我又无师自通地学会了仰泳，躺在水面上，一躺就是半小时。

本领练到家了，我也可以到封沟堰一展身手了。当我脱了衣服，第一次面对封沟堰的碧水时，心里还是有些发怵。不知是谁在背后使劲一推，我就掉进了封沟堰清澈的水中，与封沟堰来了一次亲密接触。心里虽然一惊，但毕竟已有了过硬的游泳技术，几下扑腾，我就在不远的地方钻出了水面。

从此以后，我就成了封沟堰的常客。尤其是学校放暑假的时候，我们几乎每天要去一次。在我的率先示范下，两个弟弟也跟来凑热闹。跳水、打水仗、钻汤儿头、看哪个游得快……热闹的时候，不仅是我们这些娃儿，大人们收工后也要来舒服一下。夕阳下的封沟堰，就像镀了一层金，满堰都是波光粼粼的水花。

母亲总是担心我们的安全，只要她在家，就不会允许我们到封沟堰去游泳。但我们总是想方设法躲过她的监视。不知母亲施展了什么法术，往日与我们同在一条战壕里的姐姐和妹妹，却成了她的"帮凶"，只要我们跑出去一会儿，她们就会怀疑我们是不是又跑到封沟堰去了。为此，我曾使用过调虎离山计，把我们三个兄弟分成两队，一队负责吸引她们的注意力，一队偷偷去游泳。结果无一例外都被她们发现了。

被发现了就要挨打。一次，母亲拿着薅秧棍，高高地举起来，正要打我们。我却一溜烟似的往封沟堰跑。母亲见我跑了，立刻放下两个弟弟，从后面追了上来。我知道薅秧棍的厉害，边跑边脱衣服和裤儿。我跑到封沟堰边，没有一丝犹豫，扑通一下就跳进了碧水里，游到棍子打不到的地方。

母亲气得在岸上直跺脚，但她又拿我没有办法，只好站在岸边盯紧我，生怕出啥子意外。我游累了不想再游的时候，就从母亲的对岸上了岸。这时，她才叹了一口气，离开了封沟堰。当然，回家后，等待我的将是一次更为严厉的斥责和饱打，但我至少又多游了一次封沟堰。

不知挨了多少次打,我还是割舍不下封沟堰那潭勾人魂魄、让人爽心的碧水,忘不了那游鱼般惬意的日子。

其实,让我们魂牵梦绕、欢欣鼓舞的,除了在封沟堰游泳外,莫过于囤鱼了。

雨水少的年份,抽过水的封沟堰就见了底。往日那些自由自在的鱼儿,全都集中在堰底很浅的泥水里。这是我们囤鱼的好时机。

没有谁号召,全队的大人小娃儿拿上木脚盆、脸盆、烂了底的背篼,一个跟着一个就往封沟堰赶。一到水边,就看见平常很小的鱼儿忽然变大了,一张张大嘴不时冒出水面换气,一张一合的,犹如学校歌咏比赛时同学们使劲唱歌的一个个圆圆的红嘴巴。

顾不了许多,我们就跳到泥水里,对着鱼嘴巴去捉鱼。刚一伸手,鱼儿好像提前得到了消息,马上就溜走了。好不容易抓住一条,那鱼儿却像拼了老命,一下就逃走了。水里的那些鱼,浑身光滑无比,劲儿也特别大,好不容易按住这个,又跑了那个,弄得我们全身都是泥水。实在捉不到,大人们就拿起烂了底的背篼,瞄准水里的鱼嘴巴,眼疾手快地囤下去,稳稳当当地把一条条大鱼囤到背篼里,然后不慌不忙地用双手把鱼儿逮出来。每逮住一条鱼,我们就像得胜的猎手,幸福和荣光在脸上绽开了花。

男人们忙着囤鱼逮鱼,女人们自觉地守护着装了鱼的木脚盆和竹篓,生怕好不容易逮到的鱼又跑了,或者被其他人顺手牵羊了。

我们可不管那些,站在泥水里忙着囤鱼逮鱼,一次又一次,乐此不疲。不知不觉,半天工夫就过去了,竹篓里、木脚盆里装满了大大小小的草鱼、鲤鱼和鲫鱼。

鱼逮得差不多了，太阳也快落山了。生产队的队长和会计准时来到现场，按照每家每户人口的多少，开始分鱼。这时的我，被鼎沸的分鱼声淹没了，悄无声息地隐退到封沟堰边的大石头上。只有母亲叫我搬鱼时，我才与几姊妹一道，把分给我们家的鱼拿回家去。

05

封沟堰大坝靠近茅坪梁一边的山边上，有一块面积不小的光滑平整的石坝子。这块石坝子，是修建封沟堰时，取土筑坝而暴露出来的。这块石坝子便成了我们茅坪梁上几家人不需花钱整修的晒场。

分田到户后，晒坝也有了主人。分田到户之前，这块石坝子就被我们几家人提前开发利用了。茅坪梁上不缺土地，缺的是劳力。每年秋冬季节，红苕、萝卜都会获得大丰收。堆成小山似的红苕、萝卜，仅靠大家吃，一时半会儿是吃不完的，烂在地里又可惜了。勤劳、聪明的当家妇女们就创造性地开发出了苕甲子、萝卜卷。这些苕甲子、萝卜卷是我们每年冬季缺食时的救命粮，也是度过第二年春荒的秘密武器。

所谓苕甲子，其实是红苕的另外一种形态。其制作过程比较简单，一般是先把红苕用清水洗干净，然后在案板上切成片状或条状，再放到晒坝里自然晒干，最后收集储存起来。萝卜卷也是一样，只不过切成片的是萝卜。萝卜卷不占晒场，只需用细细的竹篾穿起来，挂到树上，太阳晒干即成。

从洗红苕、萝卜开始，到收获高质量的苕甲子、萝卜卷，流程很简单，但过程很漫长，花费的人力也比较多。晒苕甲子、萝卜卷，最喜欢大太阳。如果运气好，只需几个晴天，就可大功告成。

然而，天公总是在跟人捉迷藏。早上，明明看见太阳红彤彤的，以为遇到好天气，一家人忙着洗红苕、萝卜，等把苕甲子、萝卜片切好了，背出去晾晒时，太阳就躲进了云层。这还算是好的呢！最坏的是一场大雨劈头盖脸地砸下来，或头几天还是大太阳，眼看就要收获归仓了，又下起了连绵的细雨。雨一下，苕甲子、萝卜卷就要生霉了。一旦生了霉，所有的努力都是"瞎子点灯——白费蜡"。

因此，碰到接连几天火红的大太阳，是山民们的福气。这个时候，大家就会争先恐后地晒苕甲子和萝卜卷。此时，再宽大的晒场也不够用了。

有次母亲的行动晚了点，等她带领我们把苕甲子切好时，梁上其他几户人家抢先把我们家的晒坝抢占了。我们费时费力，好不容易弄出来的苕甲子却没有地方可晒了。姐姐很不服气，几扫帚就把别人家的苕甲子扫开了，晒上了我们家的苕甲子。

这样的举动，自然被别人发现了。他们一家人拥上前来兴师问罪。姐姐不怕事，说，哪个叫你们占了我们家的晒坝呢？他们说，你们不晒，还不许我们晒吗？

为此，双方争执不下。对方要晒，姐姐不干，双方拉扯起来。听见争吵声，我们一家人急忙跑了过来，一时间，双方剑拔弩张。问清缘由，母亲倒很大度，对姐姐说，娃儿呢，他们要晒就晒嘛，莫得啥！

我们都以为母亲会为姐姐撑腰，没想到一向要强的她咋表现得这么软弱？我们的眼里都快喷出火来了。

这也太亏了！姐姐流下了委屈的泪水。

母亲背起好不容易切好的苕甲子，说，乡里乡亲的，莫得啥，我们另外找地方晒就是了。

母亲把一背篼苕甲子背到封沟堰边我们往日游泳时表演跳水的巨石上，说，我们就在这儿晒。说着，她放下了沉重的背篼，拿起扫帚就扫起来，把那些碎石、泥土全都扫走了，晒上了我们家的苕甲子。

那天，母亲的行为影响了我们的一生。成年以后，我们才明白了"吃亏是福"的道理。就是因为不在意吃亏，我们几姊妹的人生才没有那么坎坷，还交到了许多真诚的朋友。

母亲的这个举动，启发了我们生产队的婆姨们，她们也学着母亲，把茅坪梁上凡是裸露的石坝子，不管大小，都晒上了苕甲子。一片片苕甲子就像一朵朵娇艳欲滴的花儿，让往日了无声息的石坝子变得亲近可人了。

除了雨，霜也是苕甲子、萝卜卷的大敌。我们那地方一年四季都有雾，尤其是秋冬季节的雾特别大，霜也很大。打了霜的苕甲子、萝卜卷，很久都晒不干。往往是晚上打了霜，第二天太阳还没晒化，天就黑了，晚上又打霜了。如此一来，苕甲子和萝卜卷就彻底报废了。

苕甲子是我们这些娃儿的零食。苕甲子晒到哪里就会把我们的魂魄勾到哪里。一般我们躲猫猫或闲逛的时候，就会到晒场上抓几片放进嘴里。晒过太阳的苕甲子很有嚼劲，比红苕香甜得多。有时下午放了学，肚子饿得咕咕叫。我们回家后的第一件事，就是悄悄打开装有苕甲子的柜子，不声不响地抓出几片，放到衣兜里慢慢吃。

母亲很会持家，煮稀饭的时候，不是加绿豆、红豆，就是放苕甲子。这样既变换了花样，又节省了本就有限的大米。苕甲子煮出来的稀饭，既香，也有嚼劲，与红苕煮的稀饭相比，仿佛更胜一筹。

晒干了的萝卜卷，是做炖菜的好材料。每年冬天，宰杀的年猪做成腊肉后，母亲就用萝卜卷炖腊肉。一般半个月左右，我们就嚷着闹着打一回"牙祭"。

每次腊肉还没炖熟，我们几个娃儿就围着锅台转了，平常跑得不见影的脚板儿，就像被牢牢地粘在了厨房里。当腊肉炖得差不多了，母亲就会揭开锅盖，从滚烫的冒着热气的铁锅里夹出几个萝卜卷，让我们解馋。

萝卜卷炖腊肉的香气在厨房里弥漫开来，飘出了房顶，飘向了田野。有时也会引来一些过路客。那时，我们几姊妹最讨厌这些不期而遇的人了，但父母亲依然热情地招待他们。看到这些人津津有味地吃着我们盼望已久的萝卜卷炖腊肉，我们几姊妹内心的焦躁和激愤，是无法用言语形容的，唯有相互打架，弄得哭天喊地，气氛紧张，好早一点把他们撵走。

我那时觉得，我们一家人最幸福的时刻，莫过于慢慢地美美地吃着萝卜卷炖腊肉。那大片大片黄澄澄、油亮亮的腊肉，是多么诱人心魄啊。

腊肉吃完了，父亲就会到公社的屠宰场，请求给我们家留一副猪大肠，买回家用萝卜卷继续炖着吃，以改善我们一家人的生活。但猪大肠炖萝卜卷怎么能跟萝卜卷炖腊肉相比呢？

萝卜卷炖腊肉的香气，就这样留在了我的心里，一直香到现在。

06

有了封沟堰的滋养，茅坪梁、姜家包上的土地逐渐丰腴起来。这些丰腴的土地，不仅填饱了人们的肚子，还让人们的脸上出现了久违的喜色。封沟堰成了我们全队人的救命堰和幸福堰。

随着土地的不断开垦和种植,姜家包与茅坪梁上的山坡和草坪大幅缩小了,往日我们的放牛场变得七零八落的,没有一块像样的地方。牛儿摇着尾巴,自由自在地啃食青草、撒欢斗气的景象逐渐淡出了人们的视线。这可苦了我们这些放牛娃儿。

牛是农民的心肝儿,耕田、耙地、碾米、磨面全靠牛。没有牛,就没有农民的美好生活。因此,养牛不仅是农民生活的一部分,还是发展生产不可缺少的重要一环。

我们家养过两头黄牛,一头水牛。两头黄牛,一头是小牛儿,一头是大牛儿,但我始终无法割舍对小黄牛深深的眷念。

我成为一个放牛娃儿,应该刚满六岁不久。那时,生产队安排我们家养了一头黄牛。养牛是要计算工分的。黄牛牵进我们家的时候,还是一头小牛儿。每天早上和傍晚,我都要牵着牛儿,到茅坪梁上的山坡和草坪上去吃草。那是我和牛儿的快乐时光,也是我们一群放牛娃儿的幸福时刻。

把牛儿牵到草坪上,再将牛绳盘到两只牛角上,牛儿就会自己吃草。草满山坡都是,什么豆浆草、丝茅草、猪鼻孔、地瓜藤、蒲公英、灰灰菜,还有许多不知名的草,就像铺了一层绿意盎然、高低起伏的绒毯。一群黄牛、水牛在草坪上,埋头寻找各自的美食。尾巴左一下右一下逍遥地摇着,就像一个个不知疲倦的钟摆,驱赶着几只不知趣的蚊子。

牛儿享受着美味,我们一群放牛娃儿,不是躲在树荫下摆新鲜事,就是坐在山坡上的石头上走军棋,根本就不担心牛儿吃不饱,或牛儿逃跑了之类的烦心事。牛儿们能和平共处,放牛娃儿却不一定。为了一盘棋的输赢或是几句没来由的闲话,常常争得面红耳赤,但又不能相互说服。个别性子急的,边说边拉拉扯扯。有的嘴笨,心里又急,说着说着,就说哭了。一群放牛娃儿

马上唱起儿歌:

又哭又笑,
黄狗飙尿,
鸡公打锣,
鸭子吹号。

大家伙一边唱着儿歌,一边比画着打锣、吹号的样子。滑稽的表演、夸张的表情,几下就把带有哭腔的放牛娃儿逗得破涕为笑了,大家又团结如一人了。有时,有过路的其他生产队的小娃儿来凑热闹,我们一群放牛娃儿就学着大人改锯的样子,高唱儿歌:

拉大锯,
扯大锯,
家婆门口有本戏,
请了外孙来看戏,
看个牛肉包子夹狗屁。

羞走了外来娃儿,个个自豪无比。如果遇见了满脸麻子的许表叔,一群放牛娃儿又会放胆齐唱:

麻子麻得很,
参加打日本;
日本投了降,
麻子得表扬;
表扬得的多,

麻子起窝窝；
窝窝起得圆，
麻子坐轮船；
轮船一倒拐，
麻子滚下海；
海里螃蟹多，
夹得麻子光窝窝。

许表叔听到放牛娃儿在戏谑他，就会一边嘴里骂着"小兔崽子们，看我怎么收拾你们"，一边小跑过来抓我们。我们就会撒开脚丫子四散跑开，一边跑还一边唱：

麻子麻得很……

许表叔年纪大了，咋跑得过我们？抓不到我们，气得他的山羊胡子一翘一翘的。我们都在远处哈哈大笑。

儿歌唱累了，我们就站在大石头上，比赛屙尿，看谁屙得远。

生产队在茅坪梁开荒后，草坪和山坡的面积减少了许多。后来，搞多种经营，又在本就不多的草坪上栽上了白蜡树和药栀子。我们再也不敢敞着放牛了，因为不论黄牛，还是水牛，都会吃田里栽的水稻，地里种的苞谷、红苕和黄豆。谁家的牛吃了庄稼，可是犯了大错误，不仅家长要在会上挨批评，还会扣工分。因此，我们只能牵着牛鼻绳，在田埂上放牛了。

我在前头走，牛儿跟在我屁股后面，边吃草边向前移动。田地里的庄稼比田埂上的草嫩多了，勾引着牛儿的魂魄。稍不注意，牛儿就会一扭脖子，头一偏，舌头长长的一卷，就偷吃了一株鲜嫩多汁的禾苗。

　　一次，牛儿这个出其不意的举动把我吓坏了！我赶紧牵起牛儿就走，生怕被别人看见了。可往日乖巧的牛儿就像小伙遇到了美女，脚都挪不动了。我算真正领会到牛脾气的厉害了，小黄牛拼了命似的，就要去吃庄稼。我赶忙举起牛鼻绳又打又拉，想把这个不听话的家伙赶走。可是，人劲哪有牛劲大呀，我急得大哭。好在母亲就在不远处挖地，听见我的哭闹，赶紧过来，把牛儿吆喝着牵走了。

　　牛儿一天天长大，吃得越来越多，我们放牛的时间就越来越长。每次放牛，我的精神便高度紧张，生怕牛儿又故技重施，偷吃庄稼。

　　上小学后，每天早晚放牛还是我的必修课，星期天更是如此。

　　后来，生产队还在每条田埂上栽上了药栀子，用铲锄把草皮铲得溜光，看上去如同男人们用剃须刀修了面。大人们无情地把我们牵着牛鼻绳放牛的仅有的一点地方也剥夺了。

　　为了让牛儿吃饱，我们不得不离开了茅坪梁，把牛牵到封沟堰大坝下的深壑里去。那儿还有一大片没有开垦的乱石滩，上面长满了高高低低的灌木丛和野草。虽然离家远了点，但地儿大了，牛儿自由了，我们也自由了。

　　一群放牛娃儿又可以在一起玩耍了。我们长大了些，看过电影《南征北战》，学着电影里解放军叔叔的样子打国民党军队。我们每人都用黄荆条子编织了一顶绿帽子，戴在脑壳上。绿绿的黄荆叶在山风中迎风起舞，我们就像真正的解放军战士一样，站立、卧倒……一个个神清气爽、斗志昂扬。

　　战斗打响了，我们开始冲锋了，以冯二娃为首的国民党军队根本就没有什么战斗力，几下就被我们"活捉"了。冯二娃耷拉着脑袋，好像很委屈。我骄傲地问，咋个啦？不服气？

冯二娃倒是很有幽默感,"啪"的一个立正,向我行了个不太标准的军礼,说道:

报告司令官,
没得裤儿穿,
扯了三尺布,
缝条叉叉裤。

哈哈……哈哈……一群放牛娃儿放肆的大笑感染了山神。我们的笑声被她录成了回音带,不停地在深壑里回放:哈哈……哈哈……

日复一日,我跟黄牛成了最好的朋友。在我的精心照料下,小黄牛长成了大黄牛,膘肥体壮的样子,就像一个精力旺盛的小伙子。到了学耕地的年纪,黄牛跟我们这些放牛娃儿一样,总是不按常理办事。为了让它早点学会耕地,父亲叫我拿着一把鲜嫩的红苕藤,在前边引诱它,让牛儿一边吃美味一边拉犁头。有了美味,黄牛老实了许多,耕了一天的地。

不晓得究竟是啥原因,学耕地的第二天早上,黄牛没有走出牛圈,不吃也不喝,好像跟我们赌气似的。我走进牛圈,看到往日里牛气十足的它居然趴在地上,两眼无神,站都站不起来了。我摸着牛儿的头,心都快提到嗓子眼儿了。

父亲说它生病了,请来了牛医生。

牛医生摸了摸牛肚子,看了看牛眼睛,说,有点儿发烧!莫得啥,打一针,吃一服中药就好了。只见他从带来的棕色药箱里拿出一个粗大的针管,插上一根细细的钢针,吸了一管无色的液体,朝着牛屁股一插,牛儿痛得肌肉一紧。牛医生使劲一推针管后的推子,无色液体就注入了牛儿的身体。随后,他又拿出一张泥巴色的草纸，唰唰地写开了。不到一盏茶的工夫，处方就开好了。

拿着处方，父亲一个劲地道谢！母亲端上了一碗热气腾腾的荷包蛋，感谢牛医生。等牛医生离开了，父亲就跑到乡上的药铺抓了一大包中药。回来后，熬了一大铁锅。

吃中药，牛儿跟人一样，也怕苦！父亲却不管牛儿怕不怕苦，在竹林里砍了一根粗壮的慈竹，锯下一头带有结巴的竹管，另一头用刀削成带尖的斜面，把先前熬好凉得温热的黑色中药汤装到竹筒里。然后，他就抱住了牛脑壳，并用一根竹筷子撬开牛嘴巴。我则把一竹筒又一竹筒的汤药灌进了牛儿的大嘴里。牛儿痛苦地眯着眼睛，咕噜咕噜地把我倒到它嘴里的汤药咽进胃里去了。

太阳快落山了，牛儿站起来了。我对牛儿的担心一扫而光了。

恢复了健康的牛儿，又要下地学耕田了。我却心疼起它来：它还那么小，能承受得起那么重的活吗？父亲好像看透了我的心思，既说牛又说人："娃儿呢，牛不学不犁地，人不学不知事啊！"

父亲的话让我似有所悟，我再也不在心里嘀咕了。

07

我上小学不久，封沟堰周围发生了两件令人惊诧的轰动事件。

其一，是唐家的大女儿以风一般的速度订婚了。订婚的对象是我们大队一位在内蒙古当兵的小伙子。

这个兵哥哥，我没有多少印象。可能是他当兵离开老家前，我还是一个不晓世事的娃儿。他家跟我们那里的许多家庭一样，祖祖辈辈都是农民，都太贫穷。他家没有多余的劳动力，他又是家里的长子，能把他送到部队去当兵，他的父母应该是下了很大的决心的。

之所以说唐家大女儿的订婚是风一般的速度，是有原因的。唐家的男主人先前在郑州一个省级部门工作，后来为照顾家庭，主动申请调回我们县里。在我们那儿，除了老红军，唐家应该算是名门了。

唐家大女儿长得跟花儿一样，惹得很多小伙子像蜜蜂一样围着她打转儿。初中毕业，唐家大女儿没有考上高一级的学校，回乡务农了。当了农民的唐家大女儿，一心要嫁一个县里的国家干部。到了谈婚论嫁的年纪，围着她转的小伙子，没有一个进入她的法眼。在内蒙古的兵哥哥的父母托媒人前去探过口风，被她断然拒绝了。有媒婆介绍了几个我们公社供销社、粮站、信用社、邮局里吃商品粮的哥哥，她也没有同意。

现在，唐家大女儿居然跟兵哥哥好上了，并且订婚了，的确让人有几分意外。订婚那天，我们大队、生产队里德高望重的人都请去做了见证人，好像生怕全大队的人不晓得似的。摆的席桌比一般人家结婚还多，场面自然也很热闹。兵哥哥从内蒙古带回了许多的烟酒和糖果，让我们这些小娃儿也跟着沾光了，吃到了从未见过的大白兔奶糖和饼干。

结婚的速度更像是打闪电战。订婚不到十天，唐家大女儿就跟兵哥哥领了结婚证。领了结婚证，她就远走内蒙古，随军去了！

其二，是我们生产队发现了"反动标语"。在阶级斗争年年讲月月讲天天讲的时代，这可比唐家大女儿的闪电式结婚还令人震惊。

发现的时间，恰好是唐家大女儿远嫁内蒙古的时候。"反动标语"写在我们平日里放牛的壑里的一面峭壁上。那面峭壁是修建封沟堰开凿长条石遗留下来的,光生生、白晃晃的,就像一块放电影时悬挂的投影布。

那"反动标语",我们大队的好多人看不明白。看那些艰涩难懂、歪歪扭扭的字,就像看在水中跳舞的蝌蚪,谁都不知表达了什么。这些"反动标语"写得并不完整,中间有些错字和别字。内容大概如下:

关关雎鸠,在河之洲。窈窕淑女,君子好逑。参差荇菜,左右流之。窈窕淑女,寤寐求之。求之不得,寤寐思服。悠哉悠哉,辗转反侧。参差荇菜,左右采之。窈窕淑女,琴瑟友之。参差荇菜,左右芼之。窈窕淑女,钟鼓乐之。

这不是《诗经》首篇《关雎》吗?
是的,就是《关雎》。
这可不是一般人所为啊!
发现这些"反动标语"后,生产队报告给大队,大队报告给公社,公社报告给区里,区里报告给县里。县里派来了三个头戴白帽子、身穿白衣裳的公安。

于是,各种小道消息满天飞,且越传越神。有的说,这三名公安就是诸葛孔明的化身,个个神机妙算、身怀绝技,一眼就能识别坏人;有的说三个公安,有两个是省里派下来专门抓特务的,这些"反动标语"就是蒋匪特务的联络暗号;还有的说,这是阶级斗争的新动向,省里要求快速破案……

我们大队每一个人的神经都紧张起来。每个人见面,都不敢多说话,生怕碰到了潜伏已久的特务。要是那样,被三个公安发现了,或者被别人举报了,就会把自己的前途搭进去,弄得祖孙三代都翻不了身。

三个公安在我们大队和生产队查了一个星期,没有漏掉一丝蛛丝马迹。

记得三个公安来到我们家的时候,已快中午时分。太阳火辣辣地挂在头顶,让人无处躲藏,就像公安要把我们都暴露在阳光之下晒一晒一样。母亲吓得脸色惨白惨白的,她最担心的是父亲,因为只有父亲这个文化人具有写"反动标语"的基础和条件。可能这也是三个公安要专门到我们家走一趟的原因。

但父亲很坦然,热情地招呼三个公安坐在柏木圈椅上,还找来三把篾扇子,递给公安们扇凉。

三个公安倒很客气,但又不失威严,慢条斯理地从公文包里掏出几张办案用的白纸,叫我们一家人都照着他们给我们的几行字,抄写了一遍。

这几行字是:

我们的共产党和共产党所领导的八路军、新四军,是革命的队伍。我们这个队伍完全是为着解放人民的,是彻底地为人民的利益工作的。张思德同志就是我们这个队伍中的一个同志。

父亲几下就写好了,母亲和我们这些娃儿,写得很慢,好像一不留神,就会当场被公安指认为犯罪分子似的。

好不容易写完了,公安收起白纸对父亲说:"你们不要担心,我们不会放过一个坏人,也不会冤枉一个好人。"

送走三个公安后,"反动标语"从此就没有了消息。或许有了消息,也不会告诉我们了。

于是,小道消息又传开了,还有几种不同的版本:

一说是案子没有破,成了悬案。那三个公安使出浑身解数,也没有弄出一个名堂来。最后,只能不了了之了。

一说,案子是破了,但写"反动标语"的人早就逃离了我们县,跑到很远很远的地方去了,根本就抓不到罪犯了。所以,就此作罢。

一说,"反动标语"是唐家大女儿写的。现在,她已经嫁给了军人。如果去抓她,就是破坏军婚。我始终想不通,就算"反动标语"是唐家大女儿写的,但她为啥要写?写的目的和动机是什么呢?如果真是特务的联络暗号,那唐家大女儿就是美女特务无疑了,更应该把她抓住,直接判刑,让她把牢底坐穿,免得再搞破坏。真要是美女特务,就更不能让她利用婚姻,跑到军队里去了。那样,后果不是会更严重吗?我真为解放军叔叔担心啊!

那段时间,我的小脑袋都想痛了。

还有更邪乎的说法,说前面两件事,实际上是一件事。"反动标语"并不是唐家大女儿写的,而是我们生产队一个已婚男人写的。在生产劳动中,唐家大女儿跟他擦出了爱的火花。俩人好上了,他却不敢离婚。因为,他女人的娘家有些势力,要是离婚的话,就会让他身败名裂。

一次,生产队开会开得很晚。那男人送唐家大女儿回家,走到封沟堰大坝下的深壑里,情不自禁,俩人便亲热起来。在沉沉黑幕的掩护下,俩人把天当被,把地当床,完成了一次你情我愿的爱情壮举。

偷尝禁果,是欢愉的,也是幸福的,但后果是可怕的。唐家大女儿发现自己有了身孕,犹如一颗精神炸弹,炸得自己六神无主,炸得唐家上下脸面全无。那年月,没有结婚的女孩儿未婚先孕,是无耻的、没有家教的,是道德败坏的象征。为了保全名声,她根本就不会考虑公开偷情之事,也不敢到公社的医院里去打胎。

于是,唐家就想到了远在内蒙古当兵、先前托人探过口风的兵哥哥,希望大女儿走得越远越好。唐家重礼委托媒婆帮忙。在媒婆的巧言撮合下,兵哥哥一家人乐得合不拢嘴。很快,这场婚姻就顺利完成了。

但对已婚男人来讲,无疑是一次严重的精神摧残。唐家大女儿没有给他留下一句话,就远离了他的爱情和这块生养她、哺育她的土地,走上了新的人生道路。他一次次在没人的夜晚,跑到封沟堰大坝下的深壑里,暗自神伤,欲哭无泪。新中国成立前,已婚男人读过私塾,记起了《关雎》。为了抒发自己落寞的情感,他没有想那么多,挥手就写下了这些"反动标语"。

我不得不佩服人们编故事的能力,但对这种说法将信将疑。信的是故事很饱满,很有说服力;疑的是真的是那么回事吗?唐家大女儿那么高傲,能看上已婚的男人吗?!

故事远没有结束。后来听说唐家大女儿与兵哥哥结婚不久,就生下了一个白胖的小子。怎么看,这白胖小子都不像自己。兵哥哥怀疑其中必有隐情,利用探亲的机会到我们生产队调查过。究竟调查清楚没有,现在已无从知晓,成了封沟堰的悬念。

我知道的是,那些"反动标语"在三个公安离开后,就被无情的雨水冲刷干净了,了无痕迹,就像根本没有发生过一样。

封沟堰的风流韵事,就这么画上了句号。

08

离开老家多年了,父母亲也过世多年了。

封沟堰就像一眼望不到底的深潭,留在了记忆深处,时时会飘浮到我的眼里。

尽管离开老家多年了，但每年我都会抽时间回去一两次。回去看看父母的坟茔，给他们扫扫墓，祭奠他们的英灵；看看那山那壑，那里有我快乐的童年和少年；看看封沟堰，坐在堰边的大石头上，想起过去的一切。那个年月，虽然物资极其匮乏，过得非常艰辛，但心里很快活。

封沟堰四周的山梁上种满了红心猕猴桃，微风拂过，爽心悦目，果香四溢。家乡的现代农业已初具规模，封沟堰还在发挥它应有的作用。我时常在想，要不是"农业学大寨"时全大队人节衣缩食，建起了规模庞大的水利设施，我们的农业不知还要落后多少年。

我又想起了那首打夯号子：

嗨嗨哟儿，嗨嗨哟！
自力更生不怕苦哟。
嗨嗨哟儿，嗨嗨哟！
丰衣足食真幸福哟。

课外书

01

我不是一个好学生！尤其是现在，已过知天命之年的我，不得不从心底承认，这是一个不折不扣的事实。

每当我静下心来，回想儿时究竟在课堂上学了些什么，一次又一次地回忆，几乎是搜肠刮肚了，也没有想起一件值得回味的事情，更不要说引以为豪的事件了。

尽管我大半辈子以文字为生，但小时候究竟读了哪些课文，老实说百分之九十以上，我都不知不觉地毫不知情地还给我的老师了。我所记起的，大多是没有名堂的课外书。

是的，就是课外书！

我出生在"文革"中期，上小学是"文革"末期，读初中乃是"文革"以后的事了。要不是国家实行考试制度，我考了个那时令人羡慕的中专，就更没有什么值得留存记忆的了。

事实上，我们那时的课外书是很少的。可能正因为稀少，我才一口咬定，我记住的是那些没有名堂的课外书。

连老师教了我啥，究竟读了哪些课文都不知道的学生，还能是一个好学生吗？答案当然是否定的。这不能怪别人，只能怪我自己！

不瞒大家说，就是那些能记起的课外书，我也是一笔糊涂账。

可能有人会笑话我，我也确实应该感到脸红耳热。这又是一件多么令人遗憾的事情啊！

岁月是一把杀猪刀。我觉得这句话用在我身上比较合适,但还不太贴切。依我说,岁月是一台粉碎机,它把与我有关的那些事情粉碎得无影无踪了。

因此,我得赶紧把我还能记起的课外书,以及与课外书有关的事记录下来,把这笔糊涂账理一理,给自己找点儿安慰。

02

按理说,我说的这本书并不是我的课外书,因为那时的我,还没上小学。之所以把它列为我人生中的第一本课外书,是因为它确实是一本课堂外的读物。

知道这本课外书时,我还是一个顽童。父亲在岳东寺里教小学,母亲要参加生产队的农业生产,家里又没有老人照看我。实在没办法,父亲就把我带到他教书的地方去玩。

父亲在寺庙做的教室上课时,我要么在课堂里迈开一对小脚乱窜,要么在岳东寺及寺后的黄连包上与同伴们玩泥巴。黄连包上长着五六棵四五人合抱的黄连树,像一把把撑开的巨伞,大得有些吓人。

可惜的是,岳东寺已没有一尊菩萨了。这些菩萨到哪儿去了,我无从所知。不过,以前塑菩萨的地方,现在是罗家几兄弟的居所。据说,这是土改时,农会分给他们家的。自从有了罗家几兄弟后,岳东寺就有了许多的烟火气息。跟我一起玩耍的娃儿,除了罗家的小娃儿和小姑娘,还有黄连包后的冯家和彭家的娃儿。

寺内有一块青石板铺的院坝,十分平整和光滑。课间休息,这块院坝就成了学生娃儿的操场。他们在院坝里打球、出操、滚铁环、踢毽子、跳绳……欢乐的笑声，从岳东寺内一圈一圈地不断向外扩张，感染了附近做农活的农人。他们的目光直直地看向院坝里的学娃儿，就像被孙悟空使了定身术一样，一动不动的，以至于忘记了手中的农活。

一遇农忙，这块院坝就变成了晒场。金灿灿的谷子、玉米、高粱、黄豆、豌豆……被耙子耙过，就像巧姑娘的妙手编织的一匹匹金色的绸缎，闪痛了大人小娃儿的眼睛。

寺庙做的教室很高，可以看到房上的亮瓦和椽子。尽管我的个头还没有课桌高，但我也算个准小学生了。

我不认识一个字，但我的耳朵听得到父亲给学生们讲了些啥。父亲领着学生们读课文，我也在一旁跟着念。父亲回家常常要给母亲摆谈我在学校里滑稽的举动，母亲和哥哥、姐姐笑得合不拢嘴。他们一口咬定我在读望天书。

我不知道啥叫望天书，倒是记住了不少课文和歌曲。

一个阳光明媚的上午，父亲丢开了教科书，向学生们朗读了一篇文章。这篇文章是从公社邮局叔叔送来的那本崭新的书上选出来的一个片段，讲的是潘冬子智斗胡汉三的故事。读完故事，父亲又教大家唱歌，优美的旋律和革命激情，至今让我不能忘怀。

歌是这样唱的：

小小竹排江中游，
巍巍青山两岸走；
雄鹰展翅飞，
哪怕风雨骤；
革命重担挑肩上，
党的教导记心头。
……

一时间，这首歌唱红了山山岭岭。男的在唱，女的在唱，小娃儿也在唱。我就像一个小小的坚如磐石的革命者，歌曲不离口了。母亲笑说我们是蜜蜂子遇到土蜂子——嗡嗡叫。

上小学不久，学校举行歌咏比赛，我们班唱的就是这首《红星照我去战斗》。这时，我才把歌曲的名字搞明白，但这已经不重要了，因为它已经深深地烙入我的脑海里了。

如果说岳东寺是我的幼儿园，那么《红星照我去战斗》就是我的第一本课外书了。

03

我的小学老师是一个瘦高个的男老师，姓黄，是个民办教师。现在，我只知道他的姓了，究竟叫黄啥子，也记不清楚了。

黄老师是"文革"前的中专生，毕业于南充蚕桑学校，据说是生活困难时期，被下放回乡的。回乡的黄老师干农活实在不行，公社看他还是个文化人，就安排他当了我们大队的民办教师。

我上小学的地方在文昌宫，条件比我父亲教书的岳东寺好多了。至少，我们不会遭受烟熏火燎的侵袭。尤其是每天早上和中午，住在岳东寺里的罗家几兄弟，都要煮早饭和午饭。那时煮饭烧的是麦秆、稻草和菜籽秆。一煮饭，烟雾便腾空而起，根本就不跟你商量。浓浓的烟雾"欺行霸市"，挤占了父亲上课的教室，弥漫到田野和水塘，把纯净的天空都粉刷了一遍。父亲和他的学生们被烟雾呛得咳嗽不止，只好下课休息，等待烟雾飘散完后，再继续上课。

黄老师跟父亲一样，把我们这个班的语文、数学、音乐、体育……都承包了。

我清楚地记得，他给我们上的第一堂课是语文，学的是汉语拼音。黄老师的汉语拼音比较纯正，我学得也比较扎实。自从用上电脑以来，我一直就是用拼音打字，速度快不说，还很少犯错误。不得不说，这是黄老师的功劳。

"a。"黄老师拿着一根长长的斑竹棍当教鞭，指着黑板上的"a"，嘴巴张得大大的。我们全班同学跟着黄老师念："a……"

一个上午，我就跟着黄老师的斑竹棍，学会了三个韵母：a、o、e。

这是一件了不得的事。放学后，我一路小跑回到家，高兴地向全家人宣告："我会了！我会了！"

看到我一脸的兴奋劲儿，姐姐问："你会啥子了？"

我一本正经地说："我会拼音了。"

全家人笑得前仰后合，这么快！一上午都学完了？

大家一笑，我就知道我弄糟了！不过，我还是挺高兴的，毕竟，我已经认得三个字了。尽管这三个字还不是真正意义上的汉字，我已经很了不起了，距离认识汉字已经迈开了一大步了。

我学得更加认真了！

汉语拼音学会了，汉字也认了不少。我认识的汉字明显比同学们认得多又认得快。我有些飘飘然了，因为我也算个有知识的人了。

住在下场口的毛狗子——我的同学，看到我神气活现的样子，很不屑。他说："你认得多，我就考考你。"

我一脸的骄傲，说："考就考。"

毛狗子从黄布书包里掏出一本没有封皮的书，翻开第一页，连说带读："大红门，白院墙，里面坐个小红娘。你猜是啥子？"

我的小脑袋迅速地旋转起来，一时也想不起来究竟是啥。我还是头一次遇到这个情况。

毛狗子说："我提醒你一下，猜一人体器官。"

看到毛狗子的嘴巴一张一张的，嘴皮红红的，我就胡乱地说："嘴巴。"

没想到，歪打正着，居然猜对了。这把毛狗子吓了一跳，说："你娃儿偷看了我的书。"

"我没有！"我肯定地说。

"那，你咋知道的？"毛狗子问。

"我猜的啊！"我又得意起来了。

毛狗子说："这个太简单了，我再考你一个，答对了，算你有能耐。"

我壮着胆子说："你说。"语气明显弱了不少。

毛狗子又是连说带读："麻屋子，红帐子，里面住着白胖子。猜一食品。"

我又开动脑筋了。尽管毛狗子提醒了我猜啥子，但这次的运气实在不佳，我猜不出来了。两只腮帮子鼓得圆圆的，也没有用。

毛狗子说："猜不出来了吧？是花生。"

我确实没有想到是花生。尽管课文里学过，可我的确没有见过真正的花生，因为我们那儿暂时还没有种，我根本就没想到那里去。

没有猜对花生，我并不气恼，因为我对毛狗子的书产生了浓厚的兴趣。我说："兄弟，好兄弟，给我看看，好不好？"

毛狗子见我求他，说："看是可以，只能看一下午。"

一下午对我来说，已经很多了！我满口答应，连说："要得，要得。"

毛狗子马上提条件:"不能让老师发现没收了,更不能撕烂了。"

我还是一个劲地说:"要得,要得。"

那天下午,一向守规矩的我,居然第一次没有听课,用算术书做掩护,偷偷摸摸地把毛狗子借给我的书抄了二十多页。书有点厚,我只抄了三分之一。工工整整的孩儿体,让我睡着都会笑醒了!尽管没有抄完,也没有必要为没有抄完的谜语感到伤心落泪。因为,我已经非常满足了!我第一次有了一本手抄本了!

至今,我还记得我抄的一些谜语。

谜面:千只脚,万只脚,站不住,靠墙角。(猜一用具)

谜底:扫把

谜面:又圆又扁肚里空,活动镜子在当中,不论谁去使用它,都得弯腰鞠鞠躬。(打一生活物)

谜底:脸盆

谜面:弟兄七八个,围着柱子坐,只要一分开,衣服就扯破。(打一植物)

谜底:蒜

谜面:心肠正直嘴儿多,肚里有气就唱歌,要它唱歌捂它嘴,越捂越唱心越乐。(打一乐器)

谜底:笛子

谜面:远看像条龙,近看多脚虫,嘴里吐清水,一生都务农。(打一农业工具)

谜底:水车

谜面：一藤连万家，家家挂只瓜，瓜儿长不大，夜夜会开花。（打一生活物）

谜底：电灯

……

有了这个法宝，我也学着毛狗子的样子，考我的家人，考身边的同学，考与我一起玩耍的伙伴。

意外发现的这种玩法，给我的生活增添了无尽的乐趣，拓展了我的思维，增进了我与同学、玩伴之间的友谊。

我的少年时代忽然变得多彩起来。

04

我家是实实在在的倒贴户！倒贴到包产到户才结束，历史有点长。

倒贴户，有的地方又叫补社，就是每年年底工分不够，要向生产队补钱，才能分到粮食和其他物资。我家只有母亲一人挣工分，家里娃儿又多。母亲全年挣的那点工分根本就不够全队人的平均数，只能把父亲挣的一些钱倒贴到生产队的账上，才能分到粮食。父亲的工资本来就不高，除了家里的日常开支，剩下的就不多了，哪还有钱补到生产队去？

因此，不多的几个钱就显得十分金贵。为了钱和粮，父母亲几乎愁坏了。

好在我的舅舅住在川北的老山里。那里地广人稀，只要肯花力气，开点荒种点什么，或多或少都会有所收获。外婆知道我们家的困难，就叫舅舅和舅母多开点荒多种点粮，到时好救济我们这些正在长身体的半大娃儿。

每年春荒的时候,父亲就会早早地准备一个大背篼,好去丈母娘家背粮。从我们家到舅舅家,有一百多公里,除了从岳东到黄猫修通了泥结碎石公路,剩下的三十多公里全是爬坡上坎的山路。有时为了省钱,他舍不得搭班车,就迈开双脚,把那七十来公里的公路来了个全程丈量。

弯弯曲曲的山路就像一根断断续续的绸带,穿行在层层梯田和青翠的山林之间,时隐时现。背上背着两百来斤粮食,一个人行走在这样的山路上,其艰辛程度可想而知,但父亲从来没有叫过一声苦和累。

父亲背粮,除了背上背的背篼,随身还携带了一个棕编的褡子、一根木杵(山里人叫拐把子)和一条擦汗的毛巾。在背粮的路上,他饿了就吃外婆给他烙的火烧馍,渴了就喝山泉水。那火烧馍又圆又厚,很有嚼劲,吃下一块,好久都不觉得饿;山泉水又叫木叶子水,清冽甘甜,对走远路的人来说,倒是爽口爽心。走累了的时候,他就把木杵杵在地上,把背篼放到木杵上,休息一会儿,又走。遇到恶狗或坏人,木杵就成了防身的武器。

父亲到外婆家背粮,来回要四五天时间。自从他离开家后,我们几姊妹都在默默地期盼着他早点回来。临近父亲回家的那些天,大家都会时不时地张望从远处延伸到我们家的那条土路,看看有没有一个慢慢变大的小黑点,那是父亲的身影。时间越近,我们张望的次数就越多,几乎把颈脖子都望疼了。

父亲回家的时间很不确定,有时是中午,有时是傍晚,有时是深夜。由于没法提前通知我们,我们就只有苦苦地等待。每次背粮回来,父亲都会给我们一家人带来一大堆的惊喜:有外婆给姐姐缝的花衣服,有给我做的棉鞋,有大家喜欢的水果糖……反正人人都有份儿。因此,每次迎接父亲回家,我们就像迎接凯旋的将军。大家一边忙着给他倒洗脸水、煮荷包蛋，一边围着他，听他讲背粮过程中的逸闻趣事。

母亲关心的是外公外婆和舅舅舅母们的身体，以及娘家的收成，就打断父亲滔滔不绝的讲述，急切地说："莫扯那么多闲篇，捡重点的说。"

看到母亲急吼吼的样子，我们都不敢吭声了，父亲则笑眯眯地说："要得，要得！"

我读小学二年级不久，父亲又去外婆家背粮了，又给我们带来了不小的期待。

记得父亲回来时已是深夜。这次回家，比以往的时间稍微长了点儿。临睡前，我们就听到远处冯家包的狗狂叫不止，还以为是贼娃子又在偷生产队的粮食了。

当父亲迈着沉重的步子打开家门的时候，我们都睡着了。母亲听见开门声，以为偷粮食的贼娃子跑到我们家来了。

"哪个？"母亲大声地问，手里紧紧地抓住了一根顶门棍，随时准备迎击。

"我，还有哪个？"父亲说。

听到父亲的声音，母亲知道父亲平安地回来了，喜不自胜，忙起身摸到火柴盒，点亮了煤油灯。母亲说："饿了吧，我去煮饭。"

睡意蒙眬的我们如同饥肠辘辘的饿鬼闻到了肉香，一下子全都醒了。父亲说："时间不早了，你们快睡，明天再说。"

尽管父亲发了话，但我们几姊妹没有一个睡得踏实了，都在想外婆又给我们带了些啥？

第二天，我们个个都起得比平常早。大家都偷偷地去看了看父亲的背篼，好像那背篼是个聚宝盆似的，什么都有，但背篼早就被母亲腾空了，安安静静地放在屋子的一角。

正当我们都怅然若失的时候，父亲对我们说："这次去了外婆家,还到了幺姑家,顺便到县城里去转了转。"

父亲的话没有勾起我们多大的兴趣,我们个个就像被严霜打了的茄子一样——没有了精神。见我们没有人理他,父亲又说:"进城的时候,我到新华书店去看了看。"

父亲知道我喜欢读书,故意不说下句了。听他这么一说,我就凑了上去,问:"看到啥了?"

"好多书哦!"父亲停顿了一下,又说,"我给你们也买了几本。"

一旁的母亲却说:"吃饭都舍不得,还买书?"

母亲实在不相信这是从父亲嘴里说出来的话。的确,舍不得搭车,舍不得进馆子,还舍得花钱买书,除非是疯了。父亲没有疯,他像变戏法似的,从他随身携带的口袋里掏出了几本崭新的散发着墨香的书,一下子就把我们吸引过去了。

这些书有小人书《海港》《林海雪原》《隋唐演义》,有《红灯记》剧本,有《国画技法》,等等。

说句实在话,我的国画知识和技法就是从那时打下基础的,以至于读中专时经常舞文弄墨,让好些同学羡慕不已。

拿到小人书,我可高兴了!这是我第一次拥有了自己的小人书啊!为了看到小人书,我可是花费了不少的工夫。可惜的是,我那时太穷了,连看一本小人书的两分钱都没有。因此,每次经过我们场镇上那个摆小人书的摊子,我都会一步三回头。

上小学一年级不久,我的同学花狗子不知从哪儿弄了一本小人书,名字叫《沙家浜》。

《沙家浜》的电影我们都看过,很崇敬郭建光、阿庆嫂等正面人物,也知道胡传魁、刁德一等反面人物。阿庆嫂、胡传魁、刁德一三人在春来茶馆唱的《智斗》可谓家喻户晓,人人皆知。尤其是胡传魁的唱词更是熟得不能再熟了:

想当初，老子的队伍才开张，拢共才有十几个人、七八条枪。遇皇军追得我晕头转向，多亏了阿庆嫂，她叫我水缸里面把身藏。她那里提壶续水，面不改色，无事一样，骗走了东洋兵，我才躲过大难一场。似这样救命之恩终身不忘，俺胡某讲义气终当报偿。

我们这些娃儿记不到那么多，倒是把"想当初，老子的队伍才开张，拢共才有十几个人、七八条枪"记得牢，时不时学着胡传魁的样子唱两句，后面的唱词不晓得咋唱，就用鼻子哼几下，也算是过了瘾了。

看小人书毕竟与看电影不一样。我想看看后面究竟唱的是啥子，就跟花狗子说："你看完了，给我看哈。"

花狗子说："可能搞不赢哦。"

"为啥？"我问。

花狗子说："花了两分钱，只能看一下午，放学后必须还回去！"

我真的没有钱，又真的想知道胡传魁究竟唱了些啥？

第二天路过租书摊，我老远就看见花狗子还回的《沙家浜》摆在书架最显眼的位置上。到了书摊前，我就迈不开步子了，两眼直勾勾地盯着《沙家浜》。

"要租书？"老板问我。

我的口袋比我的人更羞涩。"唰"的一下，我的脸红到了耳根，就迅速地跑开了！

那是我最狼狈的一天。

这下，我终于有了属于自己的小人书了，而且还不止一本！能不万分高兴吗？

我最先看的是《红灯记》剧本,接连看了三遍。往日听广播,主角李玉和唱"临行喝妈一碗酒",老觉得唱的是"李姓喝妈一碗酒"。心想,李玉和姓李,当然是李姓了,这不是多余吗?

看了《红灯记》的剧本,我才第一次完整地弄清了歌词:

临行喝妈一碗酒,
浑身是胆雄赳赳。
鸠山设宴和我交"朋友",
千杯万盏会应酬。
时令不好风雪来得骤,
妈要把冷暖时刻记心头。

小铁梅出门卖货看气候,
来往"账目"要记熟。
困倦时留神门户防野狗,
烦闷时等候喜鹊唱枝头。
家中的事儿你奔走,
要与奶奶分忧愁。

看完父亲给我们买的这些书,我又借给同学们,大家互相交换着看,把我们都美翻了。

05

我在《不灭的灯火》中，讲述了《钢铁是怎样炼成的》鼓舞了我的斗志，给予了我战胜困难的勇气。那是我读初中时候的事儿了。

其实，在上小学的时候，我就读过不下十来本课外书了。其中，有一本写解放战争时期，刘邓大军千里跃进大别山、歼灭国民党军的小说深深地吸引了我。

现在，我实在记不起它叫什么名字。记忆中，好像根本就没有名字，因为我看见它的时候已经没有封面和封底了，连怎么开头的也被人撕掉了。

我看见它的那个晚上，正是春夏之交，凉爽中又有温润、闷热的气息。借助煤油灯的光亮，我看了几页，就被解放军叔叔不怕艰苦，巧妙地打击国民党军队的故事深深地吸引了。

那天看得很晚，第二天起床就不对劲了，浑身无力，走路都打晃儿。早饭都没吃，我就去上学了。中午放学回家，倒在床上，我就起不来了。

母亲一摸我的额头，把她吓了一跳："这娃儿好烫哦！"

父亲听见母亲的话，也过来摸了下我的头："硬是很烧呢！"说完，他就跑到村上请来了赤脚医生。黄医生来到我们家，立即叫母亲给我熬了一碗姜汤，看着我喝了下去。滚烫的姜汤一入肚，身上的毛孔就张开了，一粒粒黄豆大的汗珠喷涌而出。黄医生叫我赶快躺下，并叫父亲给我盖了一床厚厚的棉被，说："出了汗，就会好些。"他还给我开了一服中药，叫我连喝三天。

躺在床上的我，热得难受，但又不敢蹬掉铺盖，只好焐着。解放军叔叔的故事和身影从我的脑海里跳了出来，让我牵挂，让我回味，让我不舍……但我又不能起床，太折磨人了！

直到第二天午饭后，我才感觉身体轻松了不少。这个时候，父亲到学校上课去了，母亲下地干农活去了，哥哥姐姐读书去了，家里只剩下我一个人，安静极了。我的两只眼睛透过白色的蚊帐，依稀可见屋顶上的椽子和瓦片。一根粗大的光柱从亮瓦上投射进来，照在我的床头，我又想起了那本偷偷压在我枕头下面的"肢体"不全的小说。

于是，我把它翻了出来，披上衣服，斜靠在床头。解放军叔叔的故事又精彩上演了，我的魂魄随着战斗动员的号令声、急行军的脚步声、猛烈的枪炮声起起落落，没有一丁点儿停歇的意思。

哐当！一声清脆的响声把刘邓大军英勇杀敌的故事"炸"断了！我以为母亲回家来了，迅速地把厚厚的小说重新藏在枕头下面的稻草里，赶紧把铺盖盖好，装模作样地躺着。

"喵——喵——"我家那只大花猫突然从柜子上跳了下来，根本就不担心摔伤了咋办，而是一溜烟似的跑到墙角，不见了踪影。

原来，是大花猫坏了我的好事，把我吓得好惨！我怪大花猫太不懂事了，要是把我吓出毛病来，那是脱不了干系的。平复了一下心情，我又爬起来，重新拿出小说，津津有味地读了起来。

不知过了多久，一本小说在我的倾心"关注"下，变得越来越薄了。可惜的是，故事戛然而止，没有了结尾，因为后面几页不知去向了。我没有因此而懊恼，却开动起脑筋，给故事的主人公编造了非常漂亮的结局：战斗胜利了，那个连长跟年轻的拉手风琴的女宣传员结了婚，那个用风筝送情报的小战士成了战斗英雄，戴上了大红花……

我那时对当官没有多少印象,要不然,我就会让小战士升官,或者让他去伙食团,吃得壮壮的,免得太瘦小了,显现不出战斗英雄威武雄壮的样子。

但小战士用风筝送情报的故事启发了我。我也有风筝!卧床太久了,我也可以放风筝舒活一下筋骨啊。

我的风筝是我自己做的威武的孙悟空。那是开春不久,我们几兄弟在父亲的指导下做的。我做的"孙悟空"又大飞得又高。于是,我穿上衣服,下床找到我的风筝,拍去灰尘,拿出去就飞奔起来。我的"孙悟空"还算争气,双脚几蹬,就飘起来了,并且越飘越高。

跑啊跑,汗水湿透了我的衣衫,我满不在乎。我只在乎我的"孙悟空"究竟能飞多高。灿烂的夕阳把天空都染红了,我的"孙悟空"真的飞到了九重天,做起了神仙。

跑累了,我就坐在茅坪梁的一块巨石上,手里牵着风筝线,任凭它像雄鹰一样翱翔。我的双眼时而注视着深深的沟壑与沟壑对面的大山,想山那边是什么?时而又望向浩渺的天空,想着七仙女与董永的故事,难道真的有一个天上人间吗?

天色暗淡下来,我不得不收起风筝,返回家中。父亲与哥哥姐姐都早已放学了,母亲也收工回来了。我的感冒已经完全好了。姐姐非常羡慕地对我说:"我们放学老远就看到了,你放的风筝飞得好高哦。"

我有些为我的举动感到自豪了!

父亲却笑着说:"我看你哪是病了,分明是想放风筝的病。"

我不需要解释,也不需要回答,因为我的心是那样的清澈澄明。这本不知道名字的课外书,让我知道了建立新中国的不易,了解了大别山、桐柏山一带的风土人情,体会到阅读的乐趣,看到了祖国河山的辽阔和壮美。

我还有什么不知足的呢?

06

我们公社的广播站,在四里八乡可有影响了!每天广播一响,社员们就知道是几点了。那时没有手机、电子表,要是谁家有一台闹钟,是不得了的事,有人手上戴一块亮晶晶的机械表,更是洋气得很。普通人计时,就看太阳和月亮挂在天上的位置。

我家有一台闹钟,我很喜欢里面的那只大红公鸡配件。它在不停地啄食,好像永远都吃不饱,一点儿也不怕累。每个小时,"大红公鸡"都会准时打鸣,清脆的声音十分悦耳,如同天籁。

广播站除了播新闻,还有文艺节目。我特别喜欢广播站播的戏剧。有一年,广播站突发奇想,开了一档《佳作欣赏》,专门播放名家名作,偶尔也会播放我们这些学生娃儿的作文。

记得黄老师曾说过,要想作文写得好,就要多读课外书。在同学们中,我读的课外书算是不少了,比如《福尔摩斯探案集》《欧阳海》《红领巾》《少年文艺》等。我的作文在中上水平,从来没有得过高分,也从来没有被老师选到《佳作欣赏》里播出过。

这是我一块无法言说的心病。

倒是我认为不如我的一些作文,频频上了《佳作欣赏》。令我印象最深的莫过于我的同学毛狗子写的一篇养水仙花的作文被选中播出了。毛狗子的家跟我家一样,都在被人们喻为"老高挖深"的农村。他的父母是普普通通的农民。春节期间,他在家养水仙花,打死我都不相信。那水仙花,究竟是啥样子?我没见过,估计好多同学都没见过,但毛狗子就是会写,居然写了一篇优秀作文!

　　临近播出的那天下午,我们得到老师的通知,说晚上八点半要播出,希望大家准时收听。消息一传开,全班就沸腾了,同学们就像打了鸡血一样,纷纷向毛狗子投去赞许的目光。

　　我家没有安装有线喇叭,只有听公社广播站挂在岳东寨半山腰的那只大铁皮喇叭。那天傍晚,起风了。从那时起,我就搬了个板凳在院坝里,竖起耳朵听,生怕错过了节目的播出时间。

　　当《佳作欣赏》的音乐响起时,我就像一颗钉子钉在了凳子上。风儿不大,掠过树梢和竹林,游走在池塘和田野,苍穹下的一切竟是那么爽心与平和。这爽心、平和的风儿仿佛也带有偏见,因为播音员的声音一下子变得瓮声瓮气的,并且是一会儿大一会儿小,有时根本就听不见播了些啥,但我还是耐着性子听完了。

　　这在以前是不多见的。

　　尽管没有完全听清楚,但那份羡慕之情就别提了。听了广播的第二天,老师安排我们写一篇命题作文《最难忘的一件事》。

　　其实,在写《最难忘的一件事》之前,我们已经写过命题作文:《难忘的一件事》《一件愉快的事》《一件意想不到的事》……老师的事儿真多啊!

　　当然我们没有那么多的事,但为了完成任务,又不得不写。有的写放学回家,捡了一坨牛屎,上交到生产队,得到队长的表扬;有的写星期天在外玩耍,碰见摔在地上的老爷爷,赶紧上去扶起来,送回了家;有的写看见坏人砍树,上前做斗争的光辉事迹;实在没写的了,就写某年某月捡了一坨猪粪,又得到表扬;某年某月扶起一个老婆婆,送回家之类。

　　现在,我就照着那时的样子写一件难忘的事:

星期天早上，阳光灿烂。我高高兴兴地到外婆家玩。

走到半路上，我发现一堆牛屎，没有人捡。牛屎是种庄稼的肥料，浪费了太可惜。我赶紧跑回家去，拿了撮箕，叫上妹妹，一起把牛屎抬到生产队去。

队长看见我们大汗淋漓的样子，直夸我们是生产队的好儿童。

听到队长的表扬，我和妹妹心里可高兴了。我们异口同声地说："这是我们应该做的。"

可能有人会说写得不错呀，其实那时的牛粪可金贵了，哪那么容易碰到一堆牛屎没人要呢？更何况我们家到外婆家近一百公里，早上起来就走了一半，就是近五十公里，除非我是一辆汽车，或者是一个会腾云驾雾的神仙。还有，我的妹妹当时还在襁褓中，咋可能跟我一起抬牛屎，队长很少见到，更不可能表扬我了。

同学们与我一样，没有那么多的事，就只有绞尽脑汁地编，要么就去找现成的范文抄。估计毛狗子的那篇如何养水仙花的作文，就是从一本课外书上抄来的。

很久以前，我就原谅他了，再也不怪他了。

我读初中一年级时，有位姓欧阳的老师上课，总带口头禅：热。就是大冬天，他还是一句话开头或结尾，都要说个"热"字，弄得我们全班同学不知所以。有一堂课，我专门做了记录，短短的四十五分钟，他居然说了五十六个"热"，平均不到一分钟就要说一个。不知道是谁打了小报告，第二节课，他就叫我站在教室外边的台阶上去反省了。

我们那时喜欢唱的一首歌是：

我在马路边，
捡到一分钱，
把它交到警察叔叔手里边。
叔叔拿着钱，对我把头点，
我高兴地说了声：
叔叔再见。

　　我真的捡到过钱，不是一分钱，而是两角钱。准确地说，不是捡的，而是在泥巴墙上发现后，用手指抠下来的。
　　我坐在靠近窗户的教室后面。一天下午放学前，我歪着小脑袋看泥巴墙上的标语，发现一个地方凸出了一点，便用手一摸，表面的石灰掉了下来。我看见那地方花花绿绿的，与别的地方不一样。我又抠了一下，发现那花花绿绿的东西有点儿像两角钱的人民币。于是，我加大了抠的力度，把那坨泥巴抠了下来。弄散泥巴，果然现出了两角钱！
　　两角钱对我来说，是一笔巨款。在小人书摊子上，可以看十本小人书；到馆子里，可以吃一碗热气腾腾的臊子面；到供销社买桃酥，能买一封……
　　这让我左右为难！我想看小人书，我也想吃臊子面，我更想……但是，想到别的小朋友捡到一分钱都要交给国家，我是少先队员，如果不上交，思想觉悟就太低了。要上交的话，我又不知道交给谁。因为我们那儿的警察叔叔太少了，平常根本就见不到。最后，我只好交给了班主任老师。老师说："你做得很好，我们把它作为班费吧。"
　　恰好我们班缺少一个痰盂盒。班主任老师就用我从泥巴里抠出来的钱买来材料，做了一个痰盂盒，并叫我在木制痰盂盒上题写了四个黑色的大字"吐痰入盂"。看到这个痰盂盒摆在墙角处，静静地为同学们服务，我的心里好惬意哦。

回到家，我把这件事一说，哥哥姐姐嘲笑我是一头蠢猪，但我对他们那些聪明的想法却不敢苟同。

参加工作后，回到母校，我还看见过那个痰盂盒，它还在为越来越多的学弟学妹们服务。

这是我真正最难忘的一件事。要是叫我穿越回少年时代，我就会把这件事情原原本本地写成一篇真正的作文。

07

要说最吸引我的，应该是《南充日报》办的《嘉陵江》副刊了。至今，我还记得上面刊发的一些小说和散文，还有古典诗歌的创作故事，但我不知道这算不算是我的课外书。

读初中期间，父亲每周都会从公社邮局拿回一大卷书报杂志。这些书报，大人们往往不屑一顾，摆着都没人愿意翻，还不如抽一根卷的叶子烟。只有在生产挂面，或者要糊墙的时候，他们才记起这些落满了灰尘的报纸。因为，宽大的报纸可以包挂面、糊墙挡风，也算是"废物"利用了。

父亲说我们一周看一次报纸，就像一周吃一次肉，打的是"报牙祭"。我们看报读报，的确了解了一些大政方针和政策，知晓了外面的世界很精彩。尤其是副刊上的文章，我几乎篇篇都认真读过。一些出彩的文章，我就剪下来，贴在一个软面笔记本上，时不时就会拿出来读，好多都能背诵了；一些精彩的句子，我会抄在一本学校奖励给我的作业本上，写作文的时候，我会在恰当的时候使用这些别人没有发现也不可能发现的句子，让我的作文有了点亮色。

我的作文，终于得到老师表扬了！

那是我写了不知多少篇《难忘的一件事》中最成功的一次。事情的起因是这样的：我们生产队号召每家每户养蚕，但没有那么多桑叶，就需要多栽桑树。我就把我们一家人栽桑树的前前后后写了一篇作文，题目叫《栽桑》。

严格地说，我还是犯规了，因为老师的命题作文是《难忘的一件事》，我却自作主张，把老师的题目改成了《栽桑》，是有点儿大胆哦。

老师不仅没有怪罪我，还把我的作文当着全班同学的面朗读了一次。记得朗读我的作文时，我的心里直打鼓，不知道是喜是忧。因为，李老师一上课就说："今天，我给同学们读一篇作文，题目是《栽桑》。"听到他这么一说，我就知道即将朗读的就是我的作文了，这个消息就像一颗原子弹，炸得我好像瘫在了座位上。

我正在紧张之中，李老师又接着说："朗读完后，大家谈谈个人看法。"

说完，他就直接进入了正题，放声朗读起来。他朗读了些什么，我紧张得脑袋里一片空白，一个字也没有听进去。过了七八分钟，他终于朗读完了，我却感到好像过了一个世纪。

"崔仕强，你来谈谈感受。"李老师说。

崔仕强的个子比我还小，慢腾腾地站起来，说："这篇作文写的跟往日我们写的不一样。"

"花狗子，你来说。"估计李老师跟我差不多，一时把花狗子的大名给忘了。

"没得啥，我觉得还是写得很好。"花狗子说。

李老师接连找了五个同学提问。同学们肯定的多，也有否定的。李老师最后叫我说。我不敢看李老师的脸，站起来说："过去写捡粪、扶人、借橡皮擦的,太多了。写绿化祖国应该新鲜些吧,也是真实发生的事情。"

说完,我就后悔了,因为不晓得李老师怎么评判。

没想到李老师说:"同学们,这篇作文跳出了原来的框框,表达了真情实感,思维活跃,中心突出,大家应该学习。"

我一下转忧为喜,原来李老师对我的作文评价这么高啊!一颗怦怦乱跳的小心肝终于安静下来了。

还是因为作文,我又把李老师"得罪"了。那次李老师安排我们围绕一件事写记叙文。我却以书信的形式,写了一篇长长的记叙文,文章里不是写了一件事,而是写了几件相关的事。批改我的作文时,李老师用红墨水笔打了几个大大的叉。那几个红色的叉叉,就像那时游街的死刑犯胸前挂的牌子,把我吓得不轻。由此可见,李老师的心里有多么不爽了。

我有点不服气,就到他办公室去理论:"我觉得我写得还可以哈。"

"可以啥,体裁错了,喊你做衣服,你偏要做裤子,咋行?"李老师气呼呼地说。

我那时要是知道莫言几十年后获得茅盾文学奖的小说《蛙》就是用的书信体,就会理直气壮地跟他辩解,可惜那时莫言还没出名,我也不知道他的名字,他的《蛙》发表于2009年。但李老师就是说服不了我,我也很不服气:写文章哪需要那么多的条条框框?只要能把事情说清楚,表达真情实感就行了。

当然,这些都是我读课外书学来的,算是野路子吧。

升学的时候,我还是按照老师的要求,写了一篇假得不能再假的作文,得了个高分,考上了实实在在的中专,离开了我的母校、亲人和老家。

08

　　读中专的时候，读课外书的机会就更多了。四面八方的同学汇聚在一起，带来了新的信息和新的生活。我爱读书的这个习惯并没有因环境、地方的变化而改变。

　　学校里的图书馆，被月季、栀子、茶花、雀舌黄杨等簇拥着，在银杏、柳杉的掩映下，是那么雅致和宁静。图书馆由几栋楼组成，分了若干个区域，藏书颇丰。那里成了我学习专业知识的殿堂，让我的思绪飘飞在辽阔的草原、俊秀的山川、肥美的平原和无垠的大海上。

　　专业书读累了，我就跑到街上的新华书店去换口味。

　　进出新华书店的人来来往往，不久我就成了这里的一个常客，并且是个光看不买的常客。

　　书店里的服务员个个和颜悦色，模样乖巧，她们早就注意到我了。虽然我们没有言语上的交流，问过姓甚名谁、年方几何，但她们与我之间的注目礼倒是行了不知多少次。

　　混得熟了，每次到新华书店，我反而有些不好意思了。为了表达新华书店长久以来对我的厚爱和关照，我想我应该买一本属于自己的书了，这才对得起那几个漂亮的女服务员，也才能打消她们瞧不起我的顾虑。

　　我选了一本《裴多菲诗选》，价钱是9角7分。这是新华书店里比较便宜的书了，但对我来说还是太贵了。不过，我还是很高兴的，因为裴多菲是我崇拜已久的匈牙利爱国诗人。

　　参加工作后，经济宽裕了，买书看书的时候更多了，但总觉得没有过去看课外书那么带劲和有趣。回想起来，那一本本课外书,就像搭建的一级级知识的阶梯,让我看到了更多的风景;那一本本课外书,更像一股股清泉,涤荡了我的灵魂,让我的思绪飘飞得更远。

我的工作几经变换,终究与喜欢的文字打上了交道。

我的长篇小说出版后,我回老家过节,碰到已经退休的李老师,送了一本请他指教。李老师高兴地说:"你发表的好多文章,我都看到了。"

我说:"还不是您老教得好!"

李老师说:"你都当作家了,我早就没法教你了。"

我说:"雄鹰飞得再高,也离不开大地的磁场,大树长得再高,也离不开养育它的土壤。"

"哈哈哈……"李老师爽朗地笑了。

这是我第一次看见他笑得那么开心。他的笑声,飘上了房屋和山梁,飘向了远方……

我的春节

01

噼啪……噼啪……太阳明晃晃地挂在天上,大红的鞭炮就四处放开了。开始是零零星星的,不紧不慢的,不慌不忙的,慢慢地,整条街,整个场镇,整个山川,都响起来了:噼噼啪啪……噼噼啪啪……

整个岳东场从上场口到中街,再到下场口,全部是电光火闪,被鞭炮的欢歌声笼罩了。这噼噼啪啪的欢歌声,从乡场传染到山山岭岭,展开了一场此起彼伏的大合唱。一些山湾里,鞭炮的响声和回声交织在一起,就像无数个二重三重四重唱,耳朵不灵的,根本就区分不清是几重唱了。当然,最隆重的舞台,仍然是乡场上,那鞭炮的欢唱,开始得最早,唱得最响,持续的时间最长。

持续那么长的时间,仿佛是有意在此收尾,以此显示自己的与众不同。乡场是一个乡的政治、经济和文化中心,更是时尚的前哨,与众多起伏的高山大壑相比,当然是卓尔不凡的,独树一帜的。

当头阵的鞭炮欢唱接近尾声时,各家各户的团年饭就隆重上桌了。此时,上午还人头攒动、热闹非凡的乡场街道突然冷清下来,正式进入了春节模式。

我们家的团年饭也如期开席。饭桌上,父母亲准备的一大桌酒菜,非常丰富。酒是免不了的,是我们当地产的红苕酒,尽管带点苦味，但毕竟还是酒。那年月有酒喝，是幸福的代名词。我们喝酒不多，就意思一下，父亲也不怎么喝酒。

红苕酒装在一个半旧的搪瓷盅里。父亲先抿了一口，就传给紧挨着的大哥，他闻了一下就交到我的手上。我也试着抿了一口，辣得我把舌头伸得老长。搪瓷盅在桌上转了一圈，真正下口喝的并不多。我们跟父亲一样，一沾酒，脸就红，火辣辣的，怪难受的。

这里，我要重点说下菜。我说错了，不是菜，而是肉，有腊猪耳朵、腊猪嘴巴、腊猪舌头……还有父亲最喜欢做的坨子肉。那坨子肉，肥瘦相连，被切成了四四方方的块状，腊红腊红的，绵软炟和，入口就化，令人垂涎欲滴。一年之中，凡是母亲节省下来的好吃的，几乎都端上了桌子。

我们的团年饭是在厨房外的一间偏房里进行的。之所以没在堂屋里吃，是因为堂屋里放了农具和粮食，场地有限，还有就是堂屋离厨房远，把酒肉端过去就冷了，而偏房就没有这些后顾之忧。偏房里还有早就点燃的柴疙瘩火，温暖的火苗关照着我们幼小的身心，我们更舍不得离开了。

饭桌上，大家互相说着吉利的话，祝福来年。父亲说，听报上说，明年要实行家庭联产承包责任制，我看我们就要结束倒贴户的日子了。父亲又说，老二明年要参加升学考试，祝你考出好成绩，为我们争光。父亲没有落下一个我的兄弟姐妹，给他们每个都说了些祝福的话。

父亲说的明年，其实他是按农历说的，过了除夕夜，就是明年了。父亲说到我的时候，我只是默默地点了点头，因为尽管我努力了，但我也不知道我能否考得上。

在喜庆和热闹的包裹下，我们家一年一度的团年饭吃得滋味无穷。只有大哥、姐姐嫌肉太多了，母亲就去炒了一盘苞儿白，还从炖腊肉的大锅里舀了两碗红萝卜与海带。其实，那炖过肉的大锅里，油汤翻滚，舀出来的海带和红萝卜，一点儿也不素了。

一顿团年饭，把我们几个娃儿吃得肚儿溜圆。整个下午，其他几姊妹都在玩耍，只有我在父亲的要求下做着作业。具体做的啥作业，我都忘记了。可能是我的心，跟随着几姊妹飞了，早就把作业忘记了的缘故。

我们家除夕夜的饭，吃的是红糖包心的汤圆。母亲说，吃了圆圆的汤圆，明年大家都顺顺利利的，一滚就过去了。

这是1983年的春节，准确地说，是我的1983年的春节。

我们那个地方，团年饭是在除夕那天中午吃的，好多年我都以为这根本就没有什么可以单独挑出来说的。直到结婚前，我到女友家去过年，才晓得他们那里是晚上吃。难怪，我在读一些文学作品的时候，有作家写成年夜饭。那时，我就想，年夜饭应该是晚上吃，我们咋个是中午吃呢？几次过年，我都想问问父亲，几次话到嘴边，就咽了回去，生怕我的问题打破了热闹、喜庆的气氛。后来一想，我们中午吃团年饭，还是比较科学的，相当于把节日提前了半天，也把欢乐的心情提前了半天。

我的1983年的春节还没过完。

我说到了吃汤圆。吃汤圆的时候，天已经很黑了，家家户户都贴上了红红的对联。

父亲的毛笔字写得好，每年春节前，都有许多场镇单位和农户找他写对联。他从来不推辞，喊写就写，乐呵呵的。他写的那些对联，有些是自拟的，有一些是名人诗词，大多来自一本书——《对联大全》。

我家贴在堂屋上的对联是杜甫的名句"花径不曾缘客扫，蓬门今始为君开"，横批是"蓬荜生辉"。我知道"蓬荜生辉"是个成语，用在这里确实很恰当。

天黑了,该煮汤圆了。这时,大红的鞭炮又零零星星地响起来,引来了一阵又一阵的噼噼啪啪的鞭炮欢唱。这是除夕的第二次鞭炮潮,一浪盖过一浪,没有歇气的意思。

在鞭炮的欢歌声中,我们的汤圆已经煮好了!我们家做的红糖汤圆个儿大,馅儿甜。由于中午的团年饭吃得太多太油腻,晚上吃汤圆就没有多少战斗力了。我吃了五个汤圆就吃不下去了,喝了碗煮汤圆的汤,才感觉舒畅了点。

吃过汤圆,收拾完碗筷,母亲就开始给我们几姊妹发新衣裳。这新衣裳一年到头只发一次,多的就不要想了,因为想了也没有那个能力置办。

我们几姊妹围着母亲。母亲从清漆漆过的柏木柜子里拿出了崭新的棉布衣服。我们四兄弟都是清一色的蓝布中山装,姐姐和妹妹都是花衣服。我们各自拿到新衣服,就开始试穿,看合不合身。我穿上衣服裤子,学着电影里的大人物的样子,在屋子和院坝里走了两圈。

看到我走了两圈,从小就是我的跟屁虫的三弟也跟着我走了两圈。只有四弟看到我们都穿戴整齐,洋洋得意的样子,而他刚穿好衣服,裤腿只套进去半只。裤子穿不好,他急得哇哇大哭。

三弟笑着逗四弟:"大过年的,你哭啥子呢?"

我说:"过年不许哭,再哭以后就没有新衣服了。"

这可捅了马蜂窝,四弟听说以后再也没有新衣服穿了,干脆就不穿裤子了,哭得就更厉害了。他那哭声,特别委屈,就像诬陷他偷吃了别人的水果糖似的。

母亲说:"莫哭,他们骗你的,哪个舍得不给幺儿缝新衣服呢?"

四弟听到母亲的话,没有住口,还是哭。

母亲走过去,边帮四弟穿裤子边说:"喊你莫哭,你偏要哭,再哭,以后就真的没有新衣服了哦。"

这招很管用，四弟马上就不哭了，却耍起了赖："我要穿二哥的。"

看来，他想多霸占一套。听到他这个无理要求，我一阵风似的跑出了屋子，不跟他计较了。三弟看见我跑了，他生怕四弟要穿他的那一套，也跟着我跑了。

试穿了新衣服，我就脱下来，小心翼翼地放到枕头边，等大年初一早上起来穿。

脱了新衣裳，我感觉幸福满满的，晚上睡在床上，闻着带有柏木味芳香的新衣裳，非常兴奋，根本就睡不着。

封沟堰对岸的姜家和冯家娃儿，好像专门要跟我们比赛放鞭炮似的，我们放的多，他们放的比我们还多；我们放的少，他们就比我们多放一点。四弟早就没有耍赖了，与三弟一起跟着我，他俩好像也感觉到了对岸的不友善，两双眼睛盯着我，希望我出点主意。

我说："我们学八路军的样子，跟他们打游击。"

我把我们所有的鞭炮分成了三堆，说："零点交夜的时候是高潮，燃放的比较多，多堆一点；明早天亮前抢银水，也是高潮，要多一点。两个高潮之间，我们分成集中放和零星放。我们三个分成三班，轮流睡觉放鞭炮，好不好？"

我的口都说干了，他俩还是盯着我，根本没听懂。没办法，我就当起了总指挥。这是我第一次自己给自己安了个"官"。

我说四弟最小，瞌睡又大，就值零点前的班。鞭炮一个两个地放，偶尔放五六个，每次放要间隔几分钟或十来分钟。我们一放，姜家和冯家的娃儿要是真心跟我们比赛的话，就会以为我们要大放了，马上会跟上来。到了交夜的时候，说不定就把他们的鞭炮消耗得差不多了，明天早上，他们可能就没有鞭炮放了。

三弟四弟这下懂了,都说我的主意好。四弟这次很听话,满口答应他值上半夜的班。四弟忠实地履行着他的诺言。按照我的要求,他偶尔放的一两个鞭炮,在空旷的山湾里,声音异常响亮,逗得姜家和冯家娃儿铆足了劲,要跟我们比赛。

还没到十一点半,我就起了床。三弟见我起来了,他也起来了。我说:"你多睡一会儿嘛!"

他说:"我想看热闹。"

没法,这就是我的三弟。

我试着放了十多个鞭炮,就点燃了战火。

对岸姜家和冯家的娃儿,使劲地放,好像要把热闹都吸引到他们那里去似的。三弟和四弟热血沸腾,准备点燃我们零点交夜时放的鞭炮。我一把就把他们躁动不安的手按住了,嘿嘿一笑说:"莫慌嘛,等他们放一会儿再说。"

我这么安排是有原因的。

距零点还有十来分钟,姜家和冯家娃儿的鞭炮声渐渐稀少,我说:"我们再放一点。"

三弟说:"我来点。"

四弟说:"还是我来点。"

我说:"你们两个莫争,一个拿鞭炮一个点嘛。"

两人高兴了,四弟拿出一串鞭炮,三弟"唰"的一下划燃了火柴,凑近了那串鞭炮,只见火星闪耀,噼噼啪啪的声音就响开了。

姜家和冯家娃儿见我们又放起来了,他们就来兴致了,生怕我们抢了零点的彩头。

眼看就要交夜了,我叫三弟赶快拿出我们准备好的鞭炮,提前给新年报喜。我们的集中燃放,就跟炸雷似的,响彻云霄。

我们的报喜把岳东场和山山岭岭的积极性都调动了起来,整个山川河流全都笼罩在新年的喜庆气氛之中。当天晚上,第二次鞭炮高潮就这样来到了……

过了零点,各处的鞭炮声似乎并没有停歇的迹象。

我对三弟四弟说:"休息一会儿,我们再放。"

四弟放得正高兴,突然叫停,他有点儿不适应,问:"为啥?"

我说:"现在大家都在放,哪个知道是你放的呢?"

当山山岭岭的鞭炮声逐渐小了的时候,我们三兄弟又放了一阵。姜家和冯家娃儿显然被我的神机妙算搞昏了头,他们不知道我们究竟准备了多少鞭炮。但他们并没有就此罢休,也跟着我们放了一阵,明显地感到他们的鞭炮声有点上气不接下气了。

零点过后,按计划该三弟值班,但四弟很兴奋,思想觉悟陡然提高,硬是要陪着三弟熬夜。我不能打消他的积极性,只能由他。

这样没有规律的燃放,带来了神奇的效果。不知姜家和冯家娃儿是没有鞭炮了,还是瞌睡来了,总之,鞭炮声逐渐稀少,直到彻底沉默。

到了抢银水的时候,我叫三弟四弟赶快休息,我来值最后一班。我们那里没有自来水,人畜饮水全靠人到井里去挑。挑得早挑得多,水缸装得满,寓意今年开了一个好头,会有好收成。三弟四弟还是不睡,说要跟我一起战斗。

我放的鞭炮密集地响了一会儿,把姜家和冯家娃儿逗了出来。可惜的是,他们只放了稀疏的几个,就匆忙结束了。

黎明前的黑暗过后,东方露出了鱼肚白,天就要亮了。

为了迎接黎明的到来,我将早就准备好的鞭炮拿了出来,铺在院坝里的石板上,点上一根先前从父亲那儿偷来的香烟,用香烟的火星点燃了鞭炮。那一长串鞭炮跳起了舞蹈,噼噼啪啪地炸开了,再一次把岳东场和山山岭岭的鞭炮调动了起来。他们的鞭炮跟我的鞭炮共同演了一出大合唱。

正如我所料，姜家和冯家娃儿的鞭炮声再也没有响起过。

三弟和四弟的脸都笑开了花。

02

时间如白驹过隙，转眼就是 1984 年的春节了。

此时的我，已经离开老家半年了。正如父亲祝福我的那样，我顺利地升了学。放寒假前，父亲给我寄来了路费，要我早点回家。其实，他不说，我也想早点回去，因为从小到大，我还从来没有这么长时间离开过家。

成都火车站提前派人到我们学校来卖学生票，临时卖票点设在食堂打饭的窗口里。我们每个同学都有一个红色的塑料皮包裹的学生证，里面除了姓名、性别、专业、班级、学号和一寸的黑白照片外，还专门印了一个学生票优惠页。我的优惠区间是广元站到成都站。

我已经享受过一次半价的学生火车票了。那是到学校报到时，父亲送我在广元火车站用录取通知书买的。

放寒假的那个早晨，我们全校同学就像打开了栅栏的鸭群，三三两两地涌出了校门，赶到了汽车站或者火车站，只有极少数几个留校过年。我与半年来认识的老乡们先从灌县（就是现在的都江堰）乘客车到成都的西门车站，再赶 25 路公交车到成都火车站。我们的老乡有大老乡和小老乡之分。大老乡，是指同一个地区的学生，小老乡就是一个县的了。我的大老乡比较多，小老乡就比较少了。我把几个年级所有专业的学生搜尽，也仅有四个。

我们四人到达成都火车站已快中午。成都火车站刚刚修好，只有广场还没完全铺完，但并不失巍峨的气势。车站里的人不是特别多，售票窗口前排了几排长长的队伍，看样子大多是外出务工的青壮年农民。没有别的事，我们就在火车站附近的商城转了一下午。天快要黑的时候，我们才登上从成都开往嘉川的慢车。

或许是我们的运气太好了，或许是火车站对我们的特别关照，反正我们没有碰上那种没有座椅的闷罐车。那时，我们还不知道电气化铁路是何物，当然更不晓得铁路可以修复线，只是幻想有朝一日能坐上像飞机一样快的火车。火车行驶在铁路上，全靠内燃机牵引。内燃机烧的是煤，火车跑起来，老远都能听到火车呜呜的怒吼，随后看到车头顶上冒出一股股浓烟，迅速向后飘去，就像一条黑色的大辫子在迎风飞舞。

半年前上学报到，是我第一次坐火车，心头有点新奇和兴奋。正常情况下，从广元到成都要坐八九个小时，我却只花了一块多钱，心想好划得来哦。我想看看究竟是火车跑得快，还是汽车跑得快，也想顺便看看窗外的风景，就拉开了车窗，把头伸了出去。风景还没看成，我就被一阵煤灰浇了头，眼睛几乎都睁不开了，脸也成了一个大花脸。好在父亲带了条毛巾，不然我的狼狈相一直会保持到成都。

这是我第二次坐火车了，第一次的那股兴奋劲儿没有了，尤其是看到普快和特快不停地从我们身边飞驰而过，就非常羡慕，希望哪天也能坐坐。我们乘坐的慢车是真正的慢车，不论大站还是小站，站站都要停靠。车厢里很闷热，又怕煤灰，我们只好开那么一条拳头宽的缝隙，供空气流通。我们在车厢里打扑克，以此消磨时光；扑克打累了，就侃学校里老师、同学们的新奇事；故事讲完了，又打扑克……一路上数着一个又一个车站的名字，有时脖子都望长了,下一个小站都还没到。太累了,我脑壳一歪就睡着了,睡得不是太沉,迷迷糊糊的。

"下寺到了!"列车员一声不太清晰的喊叫,让我呼地一下站了起来。同行的小老乡很诧异,问我干啥?

我说:"广元到了!"

老乡们咧嘴一笑,说我真幽默。下西坝才是广元,我把"下寺"听成"下西坝"了。

时间过得很慢,时不时有火车车轮与铁轨发出的哐当哐当的响声。在沉沉的黑夜里,听到这哐当哐当的有规律的声音,我在心里跟着铁轨的撞击声,默默地念着:"广元,到了;广元,到了……"我恨不得火车跑得飞起来,好尽快结束这难熬的旅程。

火车还没过走马岭站,我就还魂了,显得活蹦乱跳的,因为过了走马岭就是下西坝了。许多要在广元转车的人跟我们一样兴奋,纷纷从行李架上拖下行李。先前沉闷的车厢一下子变得热闹起来。

"广元到了,广元到了,准备下车!"列车员的喊声再次响起时,车厢里一阵骚动。

我倒觉得列车员的话有点多余,因为要下车的乘客早已兴奋得如同一只只血脉偾张的公鸡。"哐当"一声,火车停了下来!列车员一扭门把手,车厢门就开了,一股清新的风迎面扑来,我不禁打了一个寒战。兴奋的乘客却管不了那么多,蜂拥而出,惨白的电灯光照耀着站台,也把我们照得惨白。每个人拖着长长的黑影疾步往火车站外走,仿佛前面有黄灿灿的金疙瘩可捡,而那黑影就像一根根粗大的长长的绳索拴住了我们的双脚,在使劲往后拖。寒风一阵紧似一阵,背着桶包的我们赶快裹紧了衣衫,加快了出站的步伐。

我又怀念起闷热的火车车厢了。

此时，已是隆冬时节的凌晨一点了。从下西坝到广元汽车站还有几公里，早就没有公交车可赶了。那时还没有出租车一说，白天狭小的广场被一盏挂在电线杆上的电灯照得雪亮，一下子显得宽阔了不少，我们拿出山里人特有的吃苦耐劳的精神，迈开大步朝广元汽车站走去。

下西坝在嘉陵江的西岸，汽车站在嘉陵江东岸的广元城区，由一条柏油马路和一座过江铁桥相连。铁桥两边是人行道，中间是行车道。行车道很窄，只能供一辆汽车行驶。因此，两岸桥头修建了碉堡一样的岗亭，每间隔几分钟就放行一次。尽管效率不是太高，但可以过江已是天大的好事了。走在水泥板铺成的桥面上，透过昏黄的灯光，可以看到滚滚的江水翻腾着雪浪。有恐高症的人走在上面，腿都会吓软。尤其是隆冬季节，江风硬得就像一把把刀子，刮得脸生疼，急得都快把人吹到江里喂鱼去了。我们倒是不怕，一路说说笑笑就过去了。

过了铁桥，穿过广元到嘉川的铁路桥，就到了广元汽车站。这时离天亮还早，但从下西坝火车站过来转乘汽车的人已经不少了。并不宽裕的人们宁肯在汽车站的街道两边龟缩成一团，也不愿意去旅店住上半晚。我们也没有多余的钱，即使有，也不愿意去睡两三个小时，仅有的那点钱，需要花在必须花的地方。

我们到候车室一看，已经是人山人海了，不论男人还是女人，要么席地而坐，要么倒在自己随身携带的被盖卷上酣睡。空气里弥漫着一股股汗味和脚臭，还混合着叶子烟的味道。实在没有我们的容身之处，我们就知趣地退到了大街上。几个卖包子的大妈倒是不嫌冷和累，在高一声低一声地叫卖："包子，刚出笼的包子。"尽管她们叫得欢，但真正掏钱买的人少之又少。有两个包着白色头巾、穿着蓝布棉袄的女人围着蒸包子的火炉取暖，瘦弱的身子就像两片干黄的树叶，一股风就会毫不留情地把她们刮走。

我们在街上转了一圈，只有两个卖百货的小店开着窗户，店主坐在破沙发上打着瞌睡，几盏昏黄的电灯投射出淡淡的光，显得有气无力。看不到有啥新鲜的景致，我们就在靠近候车室外的一棵法国梧桐下停了下来，好等售票窗口一开，就去买从广元到我们老家县城的车票。等待是漫长的，也是充满希望和欣喜的。再过几个小时，我们就将踏上家乡的土地，听到切切实实的乡音，喝到家乡的水，吃到家乡的饭菜了。与我们同行的女生聊起家乡的吃食，让我们咀嚼起浓浓的乡情乡味。

突然，候车室一阵骚动。我跑过去一看，售票窗口打开了。许多人都没反应过来，我就抢先一步排在了十来个人的背后。不一会儿，我就买到了回乡的四张客车票。我很庆幸我的机灵，不然就会买到敞篷汽车票。一百多公里的路程，在敞篷汽车上，既没有座位，又没有挡风的车窗，再好的身体都会吃不消。如果来晚了，可能连敞篷汽车都没得坐了，又要在广元等上一天。

天快亮的时候，我们就从广元汽车站出发了。客车冲破重重黑暗，一路向前狂奔。等了一个晚上，我们都非常疲倦，摇摇晃晃的客车就像一个摇篮，把我们摇进了梦乡。当我睁开眼睛的时候，客车正在盘山公路上，孤独地使出吃奶的劲儿，喘着粗气奋力向上攀爬。汽车两边的原野被白雪和严霜覆盖着，就像盖了一层厚厚的棉被。附近的松林不时有咔嚓的声音传来。循声望去，雪花飘散，那是松枝承受不了雪的重压，折断后发出的声响。"瑞雪兆丰年"在我的脑海中跳了出来。对于刚刚分田到户的农民来说，实在太需要一个丰收年了。

爬上一个垭口，客车在一座石头砌墙的楼房前停了下来。我们的客车前面，已停了两辆早到的客车。底层的房间里摆了几张方桌，已有客人在吃饭喝酒。我们的客车刚停稳，司机就打开了车门，熟练地爬到二楼的房间里去了。乘客们也跟着下了车，晴天平整的泥结碎石路已经面目全非，疾驶而过的车辆甩出一阵泥巴雨。我们双脚一落地，就沾满了烂泥。在外跑滩或做工的人根本不在乎，他们懂得规矩和配合，进了一楼，在四方桌前叫菜叫饭。我们四个学生口袋里都没有多少钱，一人买了一碗油少醋多、葱花都没放多少的油醋面，算是吃了中午饭。

"上车！上车！"驾驶员摸着油乎乎的大嘴喊叫起来的时候，乘客们大都坐在车上躲避可怕的严寒了。我们乘坐的客车又上路了。吃饱喝足的乘客开始还有几个说说笑，不一会儿又被摇进了梦乡。我是无论怎么都睡不着了，因为家乡已近在咫尺了。看着车窗外熟悉的田野和景物，我的眼前浮现出父亲的微笑、母亲的慈祥，还有三弟四弟调皮的样儿……心里无比温暖，就像记忆中的那一堆柴疙瘩火。

客车过了五龙、白鹤……一个个熟悉、亲切的乡镇迎面扑来，又向后退去。我们离县城越来越近了。睡觉的大多已经醒来，先前操着半生普通话的变换了频道，说起了家乡的方言。车窗两边的景物逐渐变成了一栋栋房屋，我们乘坐的客车驶入了县城，最后安全停靠在县汽车站，此时已是下午三点多了。

我们四个老乡在此匆忙分手告别，各自寻找回家的交通工具。我知道我当天没法回到家了，因为从县城到我家还有六十多公里的路程，每天只有上午发往老家的班车，下午是绝对没有的了。但我还是有些不甘心，到售票窗口问了下，得到肯定回答后，才买了第二天早上的车票。走出汽车站，我找到升学体检时住过的那家旅社，安心地睡了一夜。

第二天，我起了一个大早，到汽车站时已是人声鼎沸了。由于昨天提前买了票，我顺利地搭上了回家的客车。经过两个多小时的颠簸，我终于回到生我养我的家乡了。刚刚走出车门，父亲就在喊我。原来，父亲估算好时间，一大早就到岳东场的公路边来等我了。

回到家，我就成了一个忙人。尽管我才十七岁，但我已是见过世面的大人了。哥哥很世故地对我说，兜里要揣一包纸烟，见到叔叔伯伯表叔表婶之类的，要打招呼，要散烟。我说，我还是一个学生，又不抽烟，搞那些名堂干啥子？他根本就不跟我商量，竟真的花钱给我买了一包香烟，硬要我揣上。这让我很不自在！见到熟悉的长辈，我光顾着说话了，常常将散烟的事忘得一干二净。

我读初中时，教过我们的赵老师已经高升校长了。听说我回来了，他叫正在读初中的三弟带口信给我，叫我回母校去，给即将参加升学考试的学弟学妹们做一场报告。当时，我对啥是报告都还是一知半解，但他那么热情，我实在不能推辞，学着《围城》里方鸿渐的样子，硬着头皮上了场。

我没有那么世故和圆滑，完全是想咋说就咋说，客套的话都没有多余的，可能令赵老师很失望。一开场，我就讲了回母校的感受，讲到在成都、灌县和学校的见闻，以及社会的发展变化，讲到了学习的重要性，还结合我所学的专业讲了如何提高学习成绩的方法，最后鼓励学弟学妹们考出好成绩，考上高一级的学校。

我的报告有一定的鼓动性，但是否达到赵老师的要求，我就不知道了。

走出学校大门，我又忙我的事情去了。我爬了一次平顶山。在半山腰，我遇到崔同学与他的妻子。崔同学说他结婚了，这令我有些吃惊！其实，他的妻子也是我的同学，我不记得她究竟姓啥了，更不要说她的名字了。我说了些祝福他们的话，也说了些鼓励他们外出闯世界的话。从崔同学妻子的脸上，我读到了"吹牛"两字。我不便多说了，就向他们告别，向更高的山顶爬去。

我们家的团年饭照旧是去年的样子，我就不多说了。放鞭炮一事，也由三弟和四弟担纲了。只是父亲与大哥都穿了一件军大衣，让我眼馋。读中专期间，看到几个男同学穿着黄色的军大衣来来往往，我就特别羡慕。我偷偷穿了一次父亲的军大衣，的确非常暖和，我多么想也有一件啊！那该是多么幸福的一件事啊！

灌县的冬天很阴冷，几乎难见太阳。强劲的寒风从岷江河谷吹来，带来了川西高原的水汽和冰雪，冷得我们直打寒战。最要命的是，冬至后灌县的雪又大又厚，没有毛衣御寒的我只能两件春秋衣换着穿。冻感冒了好几次，我才熬到放寒假。

被黄色军大衣温暖过的我，对军大衣表现出了极大的依恋。过了春节，我又要离开老家到灌县去上学了。临行前，父亲把他穿的那件军大衣披到了我的身上。

我不穿，问："你穿啥子？"

父亲说："我有我的办法。"

执拗不过，我就带着父亲的温暖，高高兴兴地回到了学校。刚刚开学，一场特大暴雪陡然袭来，厚重的积雪把玉垒山上的马尾松压断了不少，也把学校里一些香樟树的枝丫压断了。

父亲送给我的军大衣及时派上了用场，我也跟其他男同学一样潇洒了，再也不必担心被严酷的风雪冻感冒了。

03

父亲送给我的军大衣，我只穿了两年，就送给了三弟。我添置了一件黑色的呢子大衣。那是我到安县（今四川省绵阳市安州区）学习林木病虫害防治技术时，在沙汀故里其香居茶馆旁的一间裁缝铺买的。

1986年7月，我中专毕业参加工作了。因为我不是定向生，不能分回老家去。我被统一分配到绵阳专区的江油县（今江油市）。江油县又把我分到林业局的下属单位国营百胜苗圃。我从一个单纯、奶气的学生变成了一个令人羡慕的国家干部。

国营百胜苗圃位于百胜乡（现已合并到厚坝镇）龙潭村，离乡政府所在地不到五百米，四周全是农田和农户，一条灌溉渠从百碾河弯弯曲曲地流过来，滋润了百胜乡的大部分农田，也为百余亩苗圃提供了充足的水源。

初到苗圃，局领导叫我分管财务和技术，算是满足了我想做点实事的愿望。在安县安昌镇学习前，我已连续出差一个月了。当时，林业部在江苏江都举办花木技术培训班，四川省仅有三个名额，我有幸成为其中一员。培训通知下来的时候，林业局分管领导把我叫到办公室，专门和我谈话，要我学好技术，学以致用。

我是满心欢喜踏上旅程的。在马角坝火车站，我买了一张到江苏镇江的火车票，登上了东去的列车。我没有买到坐票，上车就只有站着。列车上外出打工的人真多，挤得没一丝缝隙。

坚持站到汉中，坐在座位上的东北大叔见我站了八九个小时，便问我："到哪儿去？"

我说:"去镇江。"

他问:"去干啥?"

我说:"出差。"

他不信。我费了好大的劲,才从挎包里拿出林业局给我开的介绍信。看到盖有鲜红印章的介绍信,他很惊讶,说:"你这么年轻,参加工作了?"

我说:"是啊,今年刚毕业的。"

他问:"技校毕业的?"

我说:"不是,是中专毕业的。"

他说:"哦,原来是干部,稀罕!"

他接着又问:"多大了?"

我说:"快满十九了。"

他说:"难怪看起来这么小。"

我说:"不小了。"

他说:"到镇江还远呢,就跟我们挤在一块儿坐吧。"

他挪了挪屁股,又叫他爱人往里挪了挪,腾出了一点空隙。我实在太累了,连声说了几个谢谢,就坐了下去。

这是我第一次坐长途列车,也是第一次出省。尽管是快车,还是坐了快两天两夜,才到达镇江。

到镇江时已是早晨。晨光中的镇江火车站一派繁忙,人声鼎沸。出了火车站,就是稻田和铁轨。一辆拉客的客车在叫:"码头、码头……"

我不明白是哪个码头。离开四川的时候,我专门看了下地图,知道去江都,要先渡过长江,才到扬州,到了扬州,才能到江都。我怕受骗,便问:"哪个码头?"

女售票员说:"渡江码头。"

我说:"不去,我要到镇江码头。"

女售票员扑哧一笑，说："渡江码头就是镇江码头。"

我没回话。

女售票员说："你到底走不走？不走，等会儿就没车坐了哦。"

听说没车坐了，我又问："有车票吗？"

女售票员说："有。"

我想只要有票，就不要紧。因为那时的客车都是国有的，有国家信誉担保，我怕啥呢？于是，我就上了车。开了十来分钟，客车就到了码头。只见码头的一个铁架子上写了两个白底黑色的大字：镇江。我悬着的一颗心终于放了下来。

眼前的长江波光粼粼，十分宽阔，一眼望不到对岸。一艘艘轮渡停靠在长长的栈桥边，有的在卸货，有的在装船，有的在上客，人来人往，十分繁忙。我顺着人流，买了一张过江船票，登上了轮渡。

从扬州到江都全是柏油马路，十分平展。公路两旁栽植的池杉就像列队的士兵，整齐划一地排列着，一眼看不到尽头。平展的田野里全是金黄的稻田，微风吹过，稻浪翻腾。一块块平静的湖面，就像一面面清洗一新的镜子，镶嵌在无垠的稻浪间，让人赏心悦目。

到江都已是傍晚时分，我问了几个路人，都不知道我要去的江都县花木公司在哪儿。于是，我只好找了一家旅馆住了下来，匆忙地吃了一碗面条，就躺下了，因为我实在是太困了。

一觉睡到天亮，醒来已是晨光明亮。我赶紧洗漱完毕，就到楼下的餐馆吃早餐。吃早饭的人比较多，服务员的吆喝声此起彼伏。我选了一张没人的四方桌坐了下来，看了看其他人点了些啥。

不远处有三人刚落座，一人对服务员说："来一壶茶，三笼翡翠。"

我以为一壶茶就是我们四川的一杯茶，更不知道翡翠是何物？心想他们三人叫三笼，我就叫一笼。于是，我就学着那人的样子说："一壶茶，一笼翡翠。"

服务员有些吃惊，但他欲言又止；隔壁那桌人更是用异样的眼光看了看我。我想，你们可以点，为啥我不可以要？便装着很世故的样子。

等服务员把一铜壶茶提来的时候，我才知道我一个人根本就喝不完，一笼翡翠，原来就是一笼包子，也只能吃一半。那所谓的翡翠包子，其实就是我们四川人叫的瓢儿白菜做的馅儿。

我的这顿早饭的确有些奢侈了。

吃过早餐，我就去找报到的地方。我想，江都人都不知道有个花木公司，干脆就找林业局。问了几个人，那头摇得跟拨浪鼓似的。我在街上东问一下西拐一下，终于找到农林局。办公室的人说，你来得太晚了，培训班可能开始了。于是，他们派人把我送到离城有一公里多，办公楼刚刚落成，还没挂牌的花木公司。

还好，我赶上了并不算隆重的开学典礼。

接下来的半个月，我们这些来自全国各地的学员在南京林学院徐大陆老师的带领下，南下苏州，参观了虎丘、网师园、拙政园、留园，回来的时候，又到了扬州，专门去了瘦西湖、个园、何园、大明寺，领会了造园艺术。每到一处园林，徐老师都从历史典故、造园技法等方面，深入浅出地讲解，让我们实实在在地感受到了江南古典园林艺术的美妙和博大精深。

回川的时候，我们一大帮学员路过南京，又漫游了玄武湖、中山陵、明孝陵等园林盛景。

景虽好看，住宿却把我难倒了。在南京火车站附近的一宾馆入住时，前台的女服务员无论怎么都不肯给我办手续，理由是我一身奶气，不可能是干部。当时单位上还没给我办工作证，随身携带的介绍信又没说我是干部,我自己也不能证明我是干部。这时,同是学员的黑龙江绥化地区林业局的工程师出来给我解了围,他以专家的身份给我担保,我才住进了只有干部才能住的宾馆。

半年时间就这样一晃而过,眼看春节就要到了,我也要准备回家过春节了。我知道改革开放后,外出务工的人多起来,回家过年的人也多,广元汽车站的车票不好买。听说县林业局财务室的蒋会计有个亲戚在广元汽车站工作,我想找他买票肯定没问题。

蒋会计的个子不高,平常很威严,他听了我的话,没有多说,马上就给我写了一张条子,叫我直接去找。

请了十五天的探亲假,我买了一张普快列车票,从中坝火车站上了车。

到广元汽车站一看,已是人山人海了。我来到汽车站办公室,找到蒋会计的亲戚,把条子递了上去。刚才还在高谈阔论的蒋会计的亲戚,立马不说话了,把我喊到门外,悄声对我说:"明天早上六点过来。"

我说:"我把车票钱给你。"

他说:"先不要给钱,等买了再给不迟。"

汽车票落实了,我就找了家宾馆安心住了下来。第二天早上五点刚过,天还蒙蒙亮,我就来到汽车站办公室。

蒋会计的亲戚说:"我还以为你不来了呢。"

我说:"咋会呢?"

他说:"你看,人这么多,的确不好想办法。"

我说:"真的太感谢了。"

他说:"车票是六点钟的,你快上车,等会儿怕来不急了。"

告别蒋会计的亲戚,我就淹没在人山人海中了。

这次从广元到县城，顺利得超乎想象，但接下来的旅程就没有那么美妙了。

在县汽车站，我买了一张汽车票，像去年一样就去住宾馆了。晚上，我去探望了已毕业分配到县林业局的高我一个年级的小老乡。

第二天一早到汽车站一看，我们搭乘的是一辆敞篷的解放牌汽车。我知道我将接受两三个小时的风霜考验，其他乘客可不这么想，他们一哄而上，纷纷抢占有利的地方，以便有一个暂时的栖身之所，也好早一点回到家，见到思念已久的亲人。

解放牌汽车上路了，我才看见车上有我认得的几个真正的同乡，他们也认出了我。看见我穿了一件呢子大衣，显得很气派的样子，他们问我在干啥。

我说："参加工作了。"

汽车驶出县城，速度越来越快，呼呼的寒风刮过，把我的脸和耳朵吹成了高原红，顺溜的头发也变成了蓬松的鸟窝。汽车随着公路的弯道左右摇摆，我们在车上不论男女，你靠我，我靠你，完全没有一丝羞涩和矜持，就像一片片无根的浮萍在水面上东飘西荡。

回到家已快中午，一家人欢天喜地。为了给兄弟姐妹们带个好头（我大哥还在复读高中，他属于屡败屡战的那种，正准备再次冲刺高考），我对父亲说："今年是我参加工作的第一年，现在我可以为家里分点忧了，回家不能白吃，还是交点生活费吧。"

母亲说："回家就回家，交啥子生活费嘛。"

母亲说话的时候，我感觉到全家人的喜悦。

当我把手伸进呢子大衣的口袋时，我的手僵硬了。我专门为家里准备的七十元钱不翼而飞了！七十元钱，可是我近两月的工资啊，咋说没有就没有了呢？

听说一笔"巨款"飞了,全家人的脸色由晴转阴。母亲说:"再找找,再找找,看是不是放错地方了?"

我把身上的口袋都翻了一遍,也没找到半毛钱,又把随身携带的口袋也清理了个底朝天,还是不见踪影。顿时,我的心就跟掉进冰窟窿差不多,悲愤到了极点。回想起在敞篷汽车上的一些细节,一定是让可恨的小偷偷走了。

姐姐安慰我说:"掉了就掉了,以后注意就行了。"

母亲说:"安全回来就好,钱不重要,重要的是人,只要安安全全地回来,比啥都好,不要想那么多。"

可我怎能不想呢?那是我半年来节衣缩食省下来的,也是我为父母分忧的一片真心。七十元钱,对一个农村家庭来说,那可是一年的收成啊!

整个春节,我都在懊恼和自责,悔的是不该把钱放在外边,不该集中放在一个地方,还是太大意了;恼的是可恶的小偷太猖狂,太缺德了。看我一天到晚郁郁寡欢的样子,姐姐安慰我说:"二弟,钱掉了就掉了,不必那么伤心,未来的路还很长,你会挣到比掉了的钱不知多多少倍的钱呢。"

探亲假就将过完,我将踏上归途。姐姐拿出十五元钱给我做路费,并叫姐夫把我送到东溪镇。

离开家那天是元宵节,天还没亮,我和姐夫就吃了早饭上了路,要去东溪镇赶上午十点到广元的客车,以便当天返回单位。

从老家到东溪四十里,全是爬坡下坎的山路。走到拱桥沟水库,天才大亮。爬上一道长长的石板坡,我们休息了一阵。回头望向回路,山野一片寂静,一层山岚锁住了沟壑,壑底的田野、房舍与溪流若隐若现,如同仙境。不一会儿,一个火球慢慢地突破厚重的云层,就像个害羞的小姑娘,给东方的云霞涂了些暖色。这美丽的景致,把我钉住不动了。

"走吧！"姐夫一声催促，他怕我赶不上十点的班车。

我们又迈开大步，向七里坡进发。七里坡是老家通往东溪的必经之地，的确有七里之遥。山路一会儿在松林里穿行，一会儿在柏木林中蜿蜒，一会儿在斑竹林内出没，空气清新无比。全程都是下坡路，走来也不太费劲。

小时候，跟母亲到外婆家去，我就走过这条山路；父亲到东溪拉煤，我也跟着跑了几次。因此，东溪镇我是比较熟悉的。过了田菜乡，距离东溪镇就不远了。

我和姐夫加快了脚步，沿着泥结碎石公路，转过一个山垭，下了一个长坡，又过了一座石桥，就到了东溪镇。看看时间，距离十点还有二十多分钟。

跨过东河大桥，就到了东溪汽车站。十点到广元的汽车已经停在马路上了，我赶紧上了汽车。好在正是节日期间，外出打工的人还不是太多，客车上的座位还没坐满。

姐夫再三嘱咐我要注意安全，回到单位就给家里写信，我一个劲地点头答应。

客车启动了，姐夫看着载着我的客车消失在视野的尽头。

回想起来，这是我最倒霉最不开心的一个春节，但也是我体会到亲情最浓、家庭最温暖的一个春节。

04

让我最开心的春节，应该是 1988 年的春节了。经过一年半的锤炼和摔打，我成熟了不少。

又到回家过春节的时候了，我没有再去托人给我解决汽车票，而是直接到售票窗口去买。不得不承认，我没有读中专时那么好的运气，能顺利买到一张小小的车票。因为，广元是川北地区十多个县名副其实的交通枢纽。在外打工的民工一年比一年多，回家过年的人比以前更多了，要坐汽车的人也更多了。看到车站内和大街上如蚁的人流，我才真正感觉到自己太渺小了。

正当我徘徊在广元汽车站的大街上时，一个打扮入时的中年妇女问我："到哪儿去？"

我看了看她，没开腔。

她说："住不住店？"

我说："车票都没买到，住啥店哦。"

她说："你住店的话，我保证给你买票。"

我说："我咋晓得你买得到。"

她说："不住店的话，等一晚上也买不到票，你信不？"

我不相信她的话，我凭什么相信她呢？我没有再说，那意思就是要到售票窗口去买票。让我失望的是，等到凌晨，也没见售票窗口开过一个缝隙。

那中年妇女又来了，她说："怎么样？跟你说你买不到吧。"

我说："可能天快亮的时候，就卖票了。"

她说："你那么聪明，懂的。"

我的信心有些崩溃了，身心也确实有些困了，便说："你们宾馆离这儿多远？"

她说："不远，就在汽车站背后。"

我问："多少钱一晚？真有票吗？"

她说："你可以先住下，拿票的时候一起结账。"

我想反正拿了票才给钱，还算公道。

于是，我提着给父母兄弟们买的过年礼物，跟着中年妇女在昏暗的灯光中高一脚低一脚地爬了一段坡，来到一栋两楼一底的钢筋混凝土民房前。底层屋内烧有一盆麸炭火，一群操着各地口音的旅客围坐一圈高谈阔论。

中年妇女对一个年轻一点的女人说:"来客人了。"

年轻女人走了过来,直接把我领到二楼的一间屋子里。屋里已有三个人躺在床上打呼噜,昏黄的电灯光照在他们的脸上,就像抹了一层蜡黄的土灰。

年轻女人一指靠近门边的单人床对我说:"你住这里。"

我的目光顺着她的手指落在了单人床上,那被子黑得有些发亮。我说:"这么脏!"

那有些妩媚的脸立马一沉:"你不睡,脏的都没有了。"

我说:"给了钱就要住干净点嘛。"

那女的说:"这里的条件已经算是好的了。"

我说:"要货真价实嘛。"

那女的好像有些恼怒:"莫要穷讲究,到了这里老实点,对了,你把房钱和车票钱结了。"

我说:"刚才说好了的,拿到车票一起结。"

那女的说:"哪那么多废话?喊你结就结,我们总不可能给你垫起嘛。"

那女的说什么我也不给钱。于是,她一转身就下楼了。

不到一分钟,上来一个老太婆和两个男的。一个男的长得膀大腰圆,另一个像个瘦猴。

老太婆说:"小伙子,看你斯斯文文的,歪道理还多呢。"

老太婆说话的时候,两个男人攥紧了拳头,恶狠狠地盯着我,仿佛要把我吃了一样。

我小声地说:"刚才来的时候就说好了的,一手给票一手给钱。"

膀大腰圆的说:"住店给钱,买票给钱,天经地义,莫怪我们不客气哈。"

看他恶狠狠的样子，我还是有些心虚，就说："不是我不给钱，而是说好了的，见到票才给钱。"

老太婆说："不要犟，我们去买票，也要想办法才拿得到。"

我当然知道好汉不吃眼前亏的道理，心想，上当受骗只有一回。于是，我便很不情愿地把住店的钱和车票钱一起给了他们。

我不敢躺下了，怕万一遇到坏人，把包包里的钱偷走了。于是，我衣服也不脱，就坐在床上，等待着黎明的到来。

天快亮的时候，先前那个年轻的女人上楼来了，笑嘻嘻地把车票给了我。我谢都没说一声就出了门，像一支离弦的铁箭，飞奔到汽车站，消失在人海之中，生怕他们又将我喊回去。还好，他们给我的车票是真的，尽管多出了一些钱，我还是如愿地离开了广元，顺利地到达我们县的县城。

回家的那天，天空中飘着雪花。雪片像鹅毛，敲打着林木、麦苗和蔬菜，发出簌簌的响声，大地和沟壑早已是白茫茫一片了。全家人围着红红的地炉子烤火，有一句没一句地闲聊。

地炉子就是在地上挖一个坑，用几根粗铁丝编成炉桥的火炉子。地炉子烧的是焦炭，燃烧起来，整个屋子就暖和了。这比原来烧柴疙瘩火强了不少，也少了些烟熏火燎。要吃烤红薯、烤土豆，就把红苕、土豆放到炉桥下面的炭灰上去烤，一会儿就烤熟了。

兄弟姐妹们见我回来了，都有些惊讶："信里不是说年后才回来吗？"

我说："原以为要值班，结果没有安排我，所以就提前请假走了。"

除夕那天，雪停了，太阳出来了。我知道当晚中央电视台要举行春节联欢晚会，就对父亲说："干脆我们买一台电视机，不知道街上有没有卖的？"

四弟是个"万事通",读书不行,倒是知道不少小道消息。听说要买电视机,他的热情立马高涨,在旁边抢先说:"有,供销社就有。"

我说:"我出三百。"

三弟师范毕业也参加工作了,他不甘人后,说:"我也出三百。"

我问:"够了不?"

父亲笑呵呵地说:"够了,够了。"

我们的谈话,被母亲和姐姐听到了,她们一脸的兴奋,也凑了过来:"我们可以看电视了?!"

说买就买,我和三弟马上掏钱,父亲背了个背篼,就跟四弟欢喜地上街了。

前后不到一个小时,父亲就把一台十四英寸的黑白电视机背了回来。全家人就像迎接喜神归来,高高兴兴地把电视机放在了平常吃饭的四方桌上。

四弟说:"放到堂屋里去。"

我说:"就放到火塘屋里,一边看电视一边烤火嘛。"

还是父亲一锤定音:"就放在火塘屋里。"

于是,我们开始安装天线。四弟拿上砍刀,从竹林里砍了一根长长的慈竹。三弟把他组装好的天线用铁丝绑在慈竹的顶端。四弟将竹竿举了起来,爬到屋外的香椿树上。一根细细的长长的天线就从电视机背后牵了出来,爬过火塘屋的房梁和屋顶,牵到了高高的香椿树的顶梢。

我插上插座,一按开关,电视机就出现了雪花点,发出哧哧的电流声。图像不清晰,就换一个频道,再看图像是否清晰。换了几个频道,图像都不清晰。

我按照在单位里的做法对三弟说:"把天线转一下。"

三弟高声给四弟传话:"把天线转一下。"

四弟一转天线,电视机的图像一闪就没有了,我说:"莫转快了。"

三弟又给四弟说:"慢点儿转,莫转快了。"

四弟可能撑天线撑得实在是太累了,就说:"快点啰,坚持不住了。"

我说:"再坚持下,快了,快了。"

四弟说:"你搞快点嘛。"

我说:"你要有耐心,信号不好,都看不成。"

三弟给四弟传话,就像鹦鹉学舌:"信号不好,都看不成。"

四弟听说看不成电视了,一下就泄了气:"我下来了!"

我说:"再等等,马上就好了。"

话没说完,姐夫回来了,他看见我们在安装电视,就主动换下了四弟。

不一会儿,我们就把电视机安好了,全家人第一次看上了有声音有画面的电视。我们家成了全生产队四十多户人家中第一个买电视机看上电视的人家。

香椿树上的电视天线就像无声的广播,把我们家买电视的消息传遍了全队,大人小娃儿都来看稀奇。

天还没黑下来,火塘屋里挤满了人,我们摇身一变,成了接待员。这是我们始料未及的,但为了招待好来客,我们忙得不亦乐乎。家里的板凳不够用了,我们就从附近的几个邻居家借来板凳,尽情地让大家一饱眼福。

晚上七点半,中央电视台的春节联欢晚会开始了。看到电视里热热闹闹的,欢快的歌曲从电视里飘出来,萦绕在房屋和院子里,大人小娃儿都说:"好看!真好看!"

主持人孙道临、姜昆、侯耀文、王刚、薛飞、卫华、鞠萍一亮相,就把人们的眼睛吸引过去了,大家都恨不得钻到电视里面去。

姜昆、侯耀文在广播里说过相声,王刚说过评书,大家从来"只闻其声,不见其人",他们一开口,好多都听出来了。

"嗨,这是姜昆,瘦的是侯耀文!"

"王刚好胖哦!"

……

大家边看电视边议论,就像在谈论邻家表叔。

不一会儿,小品《急诊》开演了。操着广东话的游本昌饰演从温暖的南方到北京看望外孙的外公,提了个大箱子走上了舞台。滑稽的动作把从未见过世面的乡亲们笑得前仰后合。更让人忍俊不禁的是小老太太赵丽蓉,一口东北话和夸张的动作把人们带进了戏里,大家倍感亲切,纷纷称赞:这个老太婆演得好!硬是好看咧!

你从哪里来

我的朋友

好像一只蝴蝶飞进我的窗口

不知能做几日停留

我们已经分别得太久太久

……

一袭裙装的毛阿敏一开口就唱进了我们的心里,把我们一个个征服了。她的歌声仿佛不是唱出来的,而是从天上的仙宫里飘出来的。

从此,大家不仅记住了毛阿敏,还记住了她的《思念》,一下流行了起来。

让人印象深刻的莫过于牛群和李立山说的相声《巧立名目》。相声从科长巧立名目，用公款集体吃烤鸭说起，生动形象地讲述了打报告、遭举报、做检讨的过程，辛辣地讽刺了一些干部的官僚主义和吃喝风盛行的歪风邪气。相声还没讲完，观众叫好声和自发的掌声就非常热烈。牛群的"领导，冒号"这句话迅速流行开来。

有了电视机，家里人就像安装了"千里眼"和"顺风耳"，国事家事都能及时掌握。

没过多久，我们生产队比较富裕的人家也相继买了电视，看到了外面精彩的世界。多彩的电视节目不仅拓宽了大山深处农民的眼界，还增添了无尽的生活乐趣。

这是多么大的一个变化啊！

05

时代这趟列车滚滚向前，没有一丁点儿停歇的迹象。

到1995年春节，我已是一位合格的新闻工作者了。在国营百胜苗圃待了两年，我就调回了林业局机关。局里没有住房，把我与另外一位男同事一起安排在市委党校的宾馆住。后来，单位一男同事结婚后，给我腾了一间十五平方米左右的木板房。这栋木板楼建于新中国成立初期，是典型的苏联式建筑。1992年底，单位决定集资建房，专门解决职工住房困难的问题。1993年初，国家实施住房制度改革，我购买了百分之四十五的产权，后来又购买了百分之五十五的产权。购买百分之四十五的产权时，我没有那么多钱，又不好找家里要，只好找周围的同事借，才算交清了购房款。

我所购的百分之四十五的产权房是两室一厅八十多平方米的楼房。1994 年夏天，新房终于竣工了。领到新房的钥匙，我就迫不及待地喊了一个架子车，立即搬了过去。新房里有水有电，也有天然气，煮饭、洗澡、上厕所等，比住单间方便多了。漂泊多年的日子终于结束了，我终于有了一个当时看来还算体面的窝了。

对于我们家来说，1994 年是一个喜庆的年份。我不仅搬进新房，还在国庆节时结了婚。婚宴是在李白纪念馆的醉仙楼办的，远在老家的父母和兄弟姐妹赶汽车又坐火车，及时赶来参加了我的婚礼。我结婚不久，我大哥也结婚了。大哥通过多年的努力，考上了大学。毕业后，他分回了老家，后来又调到了广元。在我结婚之前，我的三弟、四弟也结婚了。四弟是城镇户口，招工安排在罐头厂，他的爱人是在罐头厂工作时认识的老红军的女儿。

一年之内，我们四兄弟相继成家立业，把父母高兴得合不拢嘴，尤其是母亲担心我们四兄弟娶不到媳妇的愁容一扫而光了，腰杆仿佛比之前挺得更直了。

春节来临，我又踏上了返乡的旅程。这次，我可不是孤身一人了。我与爱人在广元火车站下了火车后，就在广场左侧买到了回乡的汽车票。这么顺利，倒让我感到十分意外，回想起往年回乡在汽车站买票的一幕幕情景，简直是从地狱飞升到了仙界。

从广元回老家的路，也不需要绕道县城了，而是直接通到了我们的镇上。我们坐上汽车，不久就睡着了。一觉醒来，我们就到老家了，几乎跟做梦一样。

大哥、大嫂比我们放假早，早就回到了老家，帮助父母亲准备年货。三弟、三弟媳妇，四弟、四弟媳妇，妹妹也早早回家了。我们两口子离家最远，也是回家最晚的人了。我们回家，一大家人就算胜利大团圆了。

过去烤火的地炉子变成了北京炉子。那北京炉子烧的是煤炭，全身上下是铁做的，被红油漆一刷，显得光洁鲜亮。炉灶安放在炉子的中央，台面中间用三个铸铁圈严丝合缝地盖住，烟雾就从炉子旁边的铁烟囱里排出室外。煤炭燃烧散发的热能，把炉子烤得热烘烘的，炉子又把整个屋子烤成了明媚艳丽的春天。烧水、炖肉，只需用铁钩钩去一个铸铁圈，把锅放上就行了。我们一家人在春天一样的屋子里吃饭、玩耍、说笑，其乐融融。

这是我们以前想都不敢想的事情，这是我们不懈奋斗、不断进取获得的丰收果实。

回家后，我就迫不及待地到老屋周围的茅坪梁、封沟堰等处转悠。陡峭的山坡上长满了松树、柏树和青冈木，比以前高大了许多，茂密了许多。林下积满了松针和落叶，在一些岩石背阴处或黄荆子下，还可看到株株兰草正开着花。这可是我以前没有发现的！

正月初一，冬阳早早地升起来了。快到中午的时候，姐姐、姐夫带上外甥，满面春风地回娘家来了。我提议我们照一张相，大家一致赞同。我们全家人站成三排，父母坐在第一排中间，我们几姊妹围着父母，第一次用我带回的相机照了一张彩色的全家福。

到了正月初三，我与爱人不得不离开温暖的我的老家，奔向川南她的老家，正式开启了我人生中第一次春节"两头跑"的模式。

我们先坐汽车到广元，再乘火车到成都，又从成都转车到川南。沿着宝成线和成昆线，我们一路向南行进。列车越向南，车窗两边的景物越发清幽，平原上的油菜花大多冒出了花骨朵儿，性子急迫的，探出了脑袋，开出了金黄的花朵，犹如一粒粒细碎的黄宝石洒在绿意盎然的锦缎上。

紧赶慢赶,提着一堆的新年礼物,我们终于回到了妻子老家。一家人见我们回来了,喜出望外。老丈人抬出了板凳,舅子们端出了水果、花生、瓜子,舅子媳妇们泡了茶水,丈母娘下地砍了一大捆自家种的红甘蔗,让我们慢慢享用。厨房里,雾气蒸腾,案板上嚓嚓直响,准备着丰盛的团年饭……

摆谈中,我们才知道丈母娘与两个舅子媳妇也刚回家不久。原来,她们一行正月初一就到我们家走亲戚了。哪知天远地远地赶到我们家,却是关门闭户。她们想我们可能是到外面去耍了,晚上会回来的,但一直等到傍晚,也没有等到我们。于是,她们就住进了宾馆,一等再等,还是不见我们的踪影。

那时手机还没有进入寻常百姓家。妻子连忙向一家人解释:"回他老家去了。"

我在一旁补充说:"早晓得你们要来,我们就不回老家了。还是怪我们不懂事,应该事先写封信说一下,害得你们空跑了一趟。"

我们两口子为没有接待她们感到十分内疚,一起商量以后咋办。

我说:"明年过春节先到你们家,后年先到我们家,轮换着跑,两边都照顾到了。"

妻子很赞同我的主意,嘴上答应着,脸上笑开了花。

妻子老家的亲戚多,我们跑了这家走那家,吃了一肚子的川南美食,体会了川南的风土人情,游览了乐山大佛、东方佛都、乌尤寺、夹江千佛岩、峨眉山报国寺等名胜。一晃就到了假期的尾声,我们不得不向亲友们告别。

从北到南,跨州过河,舟车劳顿,身体虽累,但心是快乐的,感觉是幸福的。

一样的春节，不一样的境况，它不仅见证了历史的发展，更见证了时代的变迁。我过春节的地点在变，但浓浓的亲情不会变，人们对美好、幸福的生活的向往和追求更不会变。

我的春节，就像一幅幅浓情蜜意的生活长卷，有苦有乐，有酸有甜，让人回味，让人无限眷念。